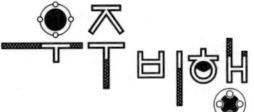

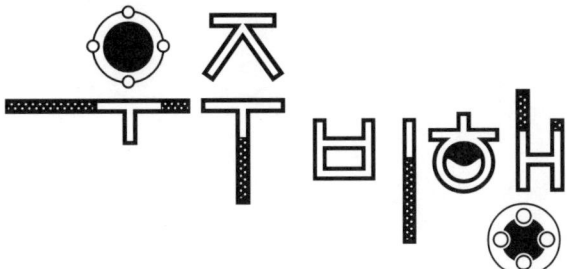

홍명진 장편소설

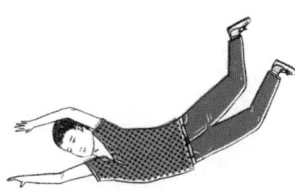

차례

제1부 나는 나를 모른다 _ 7

제2부 열일곱과 열아홉 사이 _ 47

제3부 드럼과 한판! _ 89

제4부 고래를 찾아서 _ 133

제5부 저쪽 사람 _ 175

제6부 마법의 성을 지나 늪을 건너 _ 219

작가의 말 _ 263

나는 나를 모른다

올 때마다 노랑머리와 부딪친다. 꼭 어디엔가 숨어 나를 염탐하는 것 같아 기분 나쁘다. 몽당빗자루를 뒤집어쓴 것처럼 노랗게 물들인 노랑머리의 얄팍한 입술이 슬쩍 올라간다. 왼쪽 아랫눈썹 밑에 찍힌 쥐똥만 한 점도 같이 움직인다.

설마 나를 보고 웃는 건 아니겠지?

노랑머리는 버릇인지 티가 들어간 것처럼 눈을 깜빡거린다. 새카맣게 화장한 속눈썹이 파르르 떨리는 걸 보며 나는 슬쩍 돌아선다. 고개를 푹 숙이고 계단 쪽으로 휘적휘적 걸어가는데, 어이, 부르는 소리가 들린다. 계단에 발을 올려놓던 나는 반사적으로 휙 돌아본다. 건물 안은 조용하다. 허리에 두 손을 얹은 채 내 쪽을 보고 서 있는 노랑머리뿐이다.

'어이'라니! 사람을 뭐로 보고.

이래 봬도 열아홉 살이다. 두 살 까먹어 서류엔 열일곱 살로 되어 있지만, 어딜 가나 사람 껍데기만 보고 얕잡아 보는 건 똑같다.

"위층엔 불 다 꺼졌어."

1층 계단참을 막 도는데 등 뒤가 쩌렁쩌렁 울린다.

왜 남의 일에 참견이야, 자기 할 일이나 하지.

2층 복도에 올라서자 깜깜하다. 입구 왼쪽에 있는 화장실에서 지린내가 풍긴다. 엄지손가락으로 코를 누르면서 3층으로 올라간다. 한 발씩 디딜 때마다 계단이 불쑥 일어서는 것 같다. 복도 등을 켤 수도 있지만, 함부로 손대긴 싫다. 엉뚱한 의심을 받을지도 모른다.

3층엔 세 개의 방이 있다. 상담실과 작은 회의실, 나머지 하나는 휴게실이다. 휴게실 입구 벽에는 네모반듯한 녹색 벽보판이 걸려 있다. 알록달록한 색지로 만든 알림글, 행사 사진이 붙어 있고, 주민들을 위한 특별 교육 프로그램 안내문도 붙어 있다. 3층 휴게실은 깜깜해도 눈앞에 훤하게 그려지지만 나머지 공간들은 관심 없다.

발뒤꿈치를 들고 휴게실 창에 얼굴을 바싹 들이민다. 어둠과 딱 붙어 버린 창문 너머는 단단한 벽처럼 보인다. 콧잔등에 닿는 유리의 차가운 감촉에 흠칫 한 발 뒤로 물러선다.

지난번에 왔을 땐 아무도 없는 휴게실에서 복씨 아저씨 혼자 장기를 두고 있었다.

"죽기 아니믄 살긴데, 요놈을 어디로 몰고 가야 살 수가 있나."

마(馬)를 든 채 장기판에 코를 처박고 있던 아저씨가 중얼거렸다. 꼭 나 들으라고 하는 소리 같았다. "아저씨!" 하고 부르자 아저씨는 일없다는 듯 손을 휘휘 내저었다.

"기다리다 보믄 잘될 기야."

아저씨는 장기 알을 쥔 손으로 머리를 긁적거리며 말했다. 내 속에 들어갔다 나온 듯이 내 궁금증을 지레 막았다. 장기판에 엎어질 듯 등을 구부리고 있는 아저씨를 한참 쏘아보다 나는 힘없이 휴게실을 나왔다.

집에 있지 않으면 아파트 근처나 빙빙 도는 아저씨가 휴게실에도 보이지 않으면 나는 왠지 마음이 불안해진다. 별일 없이 하루하루를 보내다가도 느닷없이 누나 생각이 나면 마음이 조급해지기 때문이다. 복씨 아저씨를 붙잡고 이것저것 물어봐도 그저 잘 있을 거라는 애매한 말밖엔 들을 수 없지만, 그런 소리라도 들어야 한동안은 마음이 편해진다.

눈앞이 깜깜해도 더듬거리지 않고 정확하게 한 계단 한 계단 주저 없이 내려간다. 이 정도 어둠에 두려워할 내가 아니다. 내가 몸으로 뚫고 나왔던 어둠은 지금 발 딛고 있는 이곳의 어둠과는 중량과 깊이가 달랐다. 발을 뗄 때마다 늪 속으로 몸이 빨려 들어갈 듯 아득한 어둠이었다.

1층 계단참을 돌자 계단 앞에 노랑머리가 다가와 있다. 아까부터 그러고 나를 기다리기라도 한 것처럼 여전히 두 손을 허리에 두른 채다.

어지간히 할 일도 없는 사무원인가 보네.

나는 노랑머리를 피해 보려고 슬쩍 몸을 튼다.

"내가 거짓말하는 줄 아니? 위에는 불이 다 꺼졌다고 했잖아."

많아야 누나보다 한두 살 위나 아래? 여자들의 나이는 도무지 어림하기가 쉽지 않다. 내 누나도 아니면서 이름도 모르는 사이에 반말이다.

"박승규지? 나는 이 복지관에서 청소년을 담당하고 있는 노애리 복지사야."

복지관 사무원이라는 것쯤은 알고 있다. 목에 걸고 다니는 명패만 봐도 안다. 1층 사무실 앞 벽엔 복지관 사무원들 명함판 사진이 붙은 큼지막한 도표가 걸려 있다.

○○복지관의 전 직원들은 주민들의 복지와 건강한 생활을 위해 성심을 다해 일하겠습니다.

전 직원이 모여 인사하는 모습을 찍은 사진 액자 밑엔 이런 문구도 적혀 있다.

그런데 내 이름은 어떻게 안 거지?

슬쩍 비켜나서 후문으로 나가려던 나는 멈춰 선다. 노랑머리가 대뜸 오른손을 내민다. 내 얼굴을 빤히 쳐다보던 노랑머리는 '어서 이 손을 잡아.' 하고 말하듯이 손을 흔들어 댄다. 운동복 바지 주머니에 찔러 넣은 주먹 쥔 손에 나도 모르게 힘이 들어간다. 적인지 동지인지 알지도 못하면서, 더구나 무슨 저의를 품었는지도 모르는 여자에게 선뜻 손을 내밀 수는 없다.

"뭐 해. 나 팔 떨어지겠다."

내가 자세를 바꾸지 않고 빤히 쳐다보고만 있자 노랑머리는 "좋아." 하고 손을 거둬들인다.

"누굴 만나러 왔니? 오늘은 강좌 프로그램도 없고, 직원들도 다 퇴근했어. 여기도 문은 닫아야 하니까."

"……."

"너, 나하곤 말 섞을 생각이 없는 모양이구나. 할 수 없지 뭐. 근데 3층 휴게실에 볼일 있었니?"

귀신이다. 이쯤 되면 노랑머리한테 완전히 덜미를 잡힌 꼴인데, 나에 대해서 어디까지 알고 있는지 감을 잡을 수가 없다. 그런데 '하니?' '있었니?' 꼬맹이 취급하듯 하는 반말에 은근히 비위가 상한다.

"함부로 반말하지 마십시오."

내 목소리가 바닥에 떨어지듯 낮게 울린다.

"알았어. 반말이 기분 나빴다 이거지? 내가 상대하는 우리 복지관 친구들한텐 다 이렇게 반말해. 그래야 빨리 친해지지.

나이도 내가 훨씬 많고."

노랑머리의 얼굴에 묘한 웃음이 슬그머니 번진다. 그렇게 들이대면 내가 기죽을 줄 아는 모양인데, 그건 그쪽 사정이다. 나를 애 취급하겠다는 건데 나도 내 나이만큼 자존심이 있다.

"그래, 첫인사치곤 모양새가 그렇다 그지? 퇴근 시간 지났거든. 다음에 만나면 그때 다시 얘기하자. 오늘은 나도 바쁜 일이 있어서 오래 붙들고 얘기 못하겠다."

나는 슬쩍 눈을 내리깔며 돌아선다.

"나, 너한테 관심 많아. 우리 앞으로 친하게 지내자."

노랑머리 목소리가 다시 한 번 빈 공간을 쩌렁쩌렁 울린다. 무슨 여자 목소리가 저래?

철책으로 막아 놓은 가스탱크가 있는 후문으로 나오자 죽은 고양이 시체라도 밟은 듯 발밑이 물컹거린다. 나는 몸을 숙여 발밑을 본다. 시멘트가 깔리지 않은 질퍽한 흙바닥이다. 어쩌다 한 번씩 복지관을 들락거리지만 맨땅에 발이 빠지는 듯한 느낌은 처음이다.

또 앰뷸런스다.

삐뽀삐뽀 소리가 숨 끊어질 듯 급하다. 어머니가 몸을 뒤챈다.

베란다로 나가 창문을 연다. 앰뷸런스 지붕에 달린 빨간 경광등이 빙글빙글 돌아가고 있다. 주황색 제복을 입은 119 구급대원들이 3동 입구에서 흰 천 덮개를 씌운 들것을 들고 나온다. 덮개 바깥으로 삐죽 나온 얼굴이 콩알만 하다. 휠체어를 들고 따라 나온 사내가 들것을 싣는 구급대원을 따라 앰뷸런스에 올라타자 앰뷸런스가 아파트 마당을 빠져나간다. 삐뽀삐뽀 소리가 희미하게 멀어진다.

베란다에 선 채로, 잠든 어머니를 돌아본다. 누나가 오기 전까진 두 발 뻗고 잘 수 없다는 어머니는 몸을 웅크린 채 잠들어 있다. 앰뷸런스 소리에 어머니가 깰까 조마조마했는데 깊이 잠든 모양이다. 새벽 다섯 시까지 일했으니 어머니에겐 지금이 한밤중이다. 어머니는 이제 앰뷸런스 소리에도 무디어질 만큼 이곳에 적응이 되었을까.

이곳으로 이사 온 뒤 걸핏하면 신경을 긁는 게 앰뷸런스의 경보음이다. 중국 공안들이 불어 대는 호각 소리나 경보 소리와는 다르다는 걸 안 뒤에도 앰뷸런스 경보음은 좀처럼 적응이 되지 않는다.

우리 집은 13층이다. 베란다에 서서 아래를 내려다보면 속이 울렁거리고 모든 것이 아슬아슬하게 보인다. 나는 이렇게 높은 집에서 살아 본 적이 없다. 우리가 살던 고향 동네에는 층층이 올라간 높은 건물이 없었다. 집들은 지붕을 맞대듯 붙어 있고 골목길은 가느다랗게 휘어져 들과 산으로 이어졌다. 상자처럼 차곡차곡 쌓아 올려진 집들이 처음엔 신기했지만 사방 어디에나 단층집은 보이지 않고 아파트만 삐죽삐죽 솟은 게 쳐다보기만 해도 속이 꽉 막히고 답답했다.

우리가 살고 있는 임대 아파트 단지도 앞뒤 좌우가 거대한 고층 아파트 숲이다. 지금은 다르다는 걸 알지만 아파트는 어디서 보나 똑같아 보였다. 이사를 와서 처음 한동안은 밖에 나가는 게 두려웠다. 우리 집을 찾지 못할까 봐 겁이 나서였다.

부앙부앙 요란스런 오토바이 소리가 들린다. 짐받이에 노란색 바구니가 달린 배달 오토바이는 날쌔게 아파트 마당을 가로지른다. 오토바이가 사라진 자리에 전동 휠체어 두 대가 나란히 들어선다. 딱정벌레처럼 조그맣게 보이는 전동 휠체어는 꿈틀거리듯 4동 쪽으로 기어간다. 그 사이로 조금 전에 사라졌던 오토바이가 빠져나간다. 마치 곡예를 하듯 길게 타원을 그리며 땅바닥에 스칠 듯 누워 달리던 오토바이는 순식간에 꽁지를 감춘다. 오토바이가 사라지자 환청처럼 귓속에서 앰뷸런스가 운다.

집은 좁다. 어머니와 둘이 살기엔 부족함이 없지만, 하루 종일 집 안에서 서성이다 보면 누군가 우릴 가둔 것 같은 착각이 들 때도 있다. 하지만 아무도 우리 집에 함부로 쳐들어오지 못한다. 볼일이 있으면 초인종을 눌러야 한다. 눌러도 대답하지 않으면 그뿐이다.

나는 내 방으로 들어와 딸깍 문을 잠근다. 옷장과 책상 하나, 침대가 전부인 내 방은 아무도 침범하지 못하는 나만의 천국이다. 아무것도 하지 않은 채 방 안에서 뒹굴며 하루 종일 밖에 나가지 않을 때도 있다. 나는 침대에 아무렇게나 팽개쳐 둔 책을 획 밀치고 드러눕는다. 책은 철썩 소리를 내며 방바닥에 떨어진다. 바닥에 떨어진 책은 아직 새것이나 다름없다. 책을 살 땐 새로 태어난 만큼 이를 악물고 열심히 해야지 생각했는데 마음먹은 것처럼 쉽지 않다. 영어 책은 표지만 봐도 머리에 쥐가 날 것 같다. 고향에선 구경도 못해 본 청바지는 아무 거리낌 없이 입으면서 영어는 힘들다고 하면 웃긴다고 하겠다. 영어를 모르면 상점 간판 하나 제대로 읽을 수 없다는 것도 안다.

나는 천천히 침대에서 일어나 바닥에 떨어진 책을 주워 책상에 올려놓고 서랍에서 꽁지에 하얀 깃털이 달린 빨간 화살을 꺼낸다. 침대 머리맡으로 가서 책상 위에 걸어 놓은 다트판 과녁을 향해 하나씩 던진다. 탁, 탁, 탁, 화살은 정확히 다트판 중앙의 가장 작은 동그라미 안에 쏙쏙 들어가 박힌다. 쉼터에서 함께 생활했던 민우 형이 떠나면서 내게 준 선물이다.

나는 어머니와 떨어져 쉼터에서 몇 달간 생활했다. 쉼터에는 나 홀로 국경을 넘어 입국한 청소년들이 머물렀다. 민우 형처럼 나도 혼자서 국경을 넘어 이곳까지 왔더라면 지금처럼 편하게 집에서 빈둥거리지는 못했을 거다. 2년간 쉼터에서 지낸 민우 형은 지금 서울 어딘가에서 춤을 추며 살고 있다.

잡생각을 없애려고 화살을 던지는데 신경을 긁는 소리가 파고든다. 쿵쿵쿵, 둔한 것이 바닥을 내리치는 소리다. 아파트 마당에서 올라오는 소리와 달리, 위층에서 들려오는 소리는 곧바로 내 머리통을 쳐 대는 것 같다. 쿵쿵 소리는 다트판을 조준하고 있는 내 눈동자가 흔들릴 만큼 세다. 위층에 어떤 사람들이 사는지 궁금하지만 한 번도 본 적은 없다. 아파트라는 것이 한 줄에 꿴 북어나 굴비 두름처럼 엮여 있는데도 온통 낯선 사람들뿐이다.

쿵, 바닥을 때리는 소리에 저절로 이맛살이 찌푸려진다. 소음은 위층에서뿐만 아니라 가끔은 옆집에서도 들린다. 울음소리, 고함 소리도 들리고, 유리가 박살 나는 듯한 소리도 들린다. 나는 집 안에서도 고양이처럼 조용조용 움직인다. 이렇게 다트판에 화살 꽂는 소리를 갖고 아직 뭐라고 시비를 건 사람은 없다.

이걸 던져, 말아?

마지막 남은 화살 하나를 들고 망설이는데, 똑똑, 내 방문을 두드리는 소리가 들린다. 어머니가 자리를 털고 일어났다는 뜻이다. 오후 두 시. 이때쯤 어머니의 새로운 하루가 시작된다.

"밥은 먹었니?"

어머니의 '먹었니?'는 노랑머리의 말과는 어감이 다르다. 이것도 저것도 아닌 어정쩡함이 묻어 있다.

"먹었습니다."

내 억양도 어정쩡하게 출렁거린다.

방문 앞을 떠난 어머니가 조용조용 움직인다. 곧 개수대에서 수돗물 소리가 나고 그릇 딸그락거리는 소리도 들린다. 어머니는 내가 공부하고 있는 줄 알 거다. 나는 이불을 푹 덮어썼다가 방문을 열고 나간다.

어머니는 넓은 방을 놔두고 꼭 좁은 싱크대 앞에서 밥을 먹는다. 나는 냉큼 밥상을 들고 방으로 들어간다. 수저만 든 어머니가 방으로 따라 들어온다.

"복씨 아저씬 요즈막에 어디 출타할 일 있습니까?"

방 한가운데 밥상을 내려놓으며 묻는다.

"아저씬 왜 찾네?"

밤일을 하는 어머니의 눈 밑이 거멓게 내려앉아 있다.

"아저씨가 안 보여서 하는 소립니다."

어머니는 짧은 한숨을 내쉬며 입에 든 밥을 우물우물 씹어 삼킨다.

"여수에 갔을 거다."

"여수요?"

"무슨 볼일이 있갔지."

여수라면 복씨 아저씨네 아주머니가 식당 일을 하며 지내는 곳이다.

겨울이 시작될 무렵, 우리가 이 집으로 이사 올 때까지 어머니도 여수에서 일했다. 식당에서 먹고 자면서 일하면 돈을 쉽게 모을 수 있다고 했다. 어머니가 일을 그만둔 건 나를 혼자 떨어뜨려 놓는 게 불안해서이기도 했지만, 어머니가 일하던 식당의 주인이 바뀌었기 때문이다. 새 주인은 어머니가 마음에 들지 않았던 모양이다. 복씨 아저씨네 아주머니는 한 달에 한두 번씩은 아저씨를 보러 오는데 요즘엔 아예 오지 않는 것 같다. 아저씨는 왜 여수로 내려가지 않고 아주머니와 떨어져 사는지 도무지 그 속을 모르겠다.

"아주머닌 안 올라옵니까?"

"아주머닌 여수에서 그대로 살 거라고 하더라."
"아저씨는요?"
"어른들 일엔 신경 쓰지 마라."
어떻게 신경을 안 쓰나. 누나 일이 걸려 있는데.
"아저씨는 어떻게 할 거랍니까?"
"뭘 어쩌네. 사내가 구실을 해야지, 아주머니라고 별수 있네?"
이럴 때 어머닌 무척 냉정하다.
내가 다섯 살 때, 비료 공장에 다니던 아버지가 안전부 사람들에게 끌려갔다. 공장에서 생산한 물건을 빼돌려 팔아먹었기 때문이다. 교화소에서 병을 앓던 아버지는 내가 일곱 살 때 돌아가셨다. 아버지가 죽었다는 사실만 내 기억에 남아 있을 뿐, 어떻게 장례를 치르고 아버지를 묻었는지는 기억나지 않는다. 눈이 퉁퉁 붓도록 운 건, 누나뿐이었다. 누나는 아버지가 누나를 아주 많이 예뻐했다고 기억하고 있었다. 나는 처음부터 아버지가 내 곁에 없었던 사람처럼 어머니와 누나, 이렇게 셋이 사는 걸 자연스럽게 받아들였다. 만약 아버지가 있었다면 우리는 먼 곳을 돌아 여기까지 오지 않았을지도 모를 일이다.
"복씨 아저씨가 와야 삼촌 소식을 알지 않갔습니까?"
나도 모르게 말소리가 퉁명스럽게 나간다.
"곧 소식이 오갔지. 너무 조급하게 굴지 말고 기다려 보자마."

　삼촌이란 중국에서 보따리 장사를 하며 이 나라 저 나라를 넘나드는 저우판* 아저씨를 말하는 거다. 복씨 아저씨와 먼 친척뻘이라고 했는데, 강 너머에서 우리를 안내한 사람이고, 한국에 먼저 들어와 있는 복씨 아저씨를 소개해 준 사람이기도 하다.

　우리는 장맛비가 엄청나게 쏟아지던 야밤에 두만강을 건넜다. 누나를 생각하면 지옥처럼 캄캄한 물속에서 내 손을 꼭 잡고 놓지 않았던 무서운 손힘부터 떠오른다. 강을 건널 때 어머니는 죽어도 손을 놓아서는 안 된다고 했다. 어머니가 먼저 강물로 들어섰고, 어머니와 손을 잡은 누나가 내 손을 잡고 강물로 들어섰다. 강의 중간쯤에서 나는 물살에 떠밀려 곤두박질을 쳤다. 그때 어머니의 손을 놓친 누나는 허우적대면서도 내 손만은 놓지 않았다.

　두만강을 건너던 그해 봄, 어머니는 몰래 중국에 나가서 한 달이나 돌아오지 않았다. 장사할 물건을 떼러 간다고 했다. 어머니는 내가 어렸을 때부터 함경도 전역을 돌아다니며 중국 상인들과 밀거래한 물건들을 지고 등짐장사를 했다. 통행증도 없이 시골 장마당을 돌아다니는 것도 불법이지만, 중국으로 몰래 나갔다가 잡히는 날에는 등짐만 뺏기는 게 아니라 교화

---

* 가게 없이 보따리 장사를 하는 소상인을 이르는 중국 말.

소에 갇힐 수도 있었다. 어머니를 기다리는 일은 늘 불안했다. 무거운 등짐을 지고 100리 길을 총알처럼 내달릴 수 있는 어머니라도 불법 월경은 위험천만한 일이었다.

어머니를 기다리며 누나와 나는 매일 한두 끼만으로 버텼다. 어머니가 언제 돌아올지 알 수 없었다. 10리 밖에 서는 장마당까지 나가 돈벌이를 할 게 없나 찾아보기도 했다. 장마당에는 꽃제비*들이 바글거렸다. 내 또래 아이들이 석탄을 캐 와서 팔거나 훔친 물건을 팔기도 했다.

"내 친구 하나가 사라졌단다."

캄캄한 방에 누워서 누나가 말했다. 그날은 아침도 굶고 덜 여문 옥수수를 따다가 밀가루를 한 줌 넣고 죽을 끓여 점심과 저녁에 나눠 먹었다. 나는 누나가 무슨 말을 하는지 당최 알아들을 수가 없어서 눈만 끔뻑거렸다. 졸음이 밀려왔다.

"중국으로 갔을 기야. 너만 아니믄 나도 나가갔는데."

전깃불이 없는 집은 새어 드는 불빛 하나 없이 깜깜했다. 움직이지 않고 있어야 배고픔이 덜해서 누나와 나는 기운을 아끼느라 말도 많이 나누지 않았다. 중얼거림 같은 누나의 말소리를 들으며 나는 까무룩 잠에 빠져들었다. 그러다가 화들짝 잠이 깨어 나는 누나가 옆에 있는지 확인하고 누나 손을 꼭 붙잡았다. 내가 잠든 새에 누나가 어디론가 사라질까 겁이

* 북한에 살고 있는 불우한 청소년을 이르는 말. 소매치기를 가리키는 북한의 은어.

났다. 배고픔도 두려움도 누나가 옆에 있어서 견딜 수 있었다.

결국 어머니는 중국에서 식모살이를 하다가 발각돼 강제 북송을 당했다. 어머니가 우리를 데리고 중국으로 갈 생각을 한 건 교화소에서 풀려난 뒤였다. 누나는 이미 결심을 하고 있었다. 캄캄한 어둠 속에서 어머니와 누나가 나누는 얘기를 들을 때 어둠에 잠긴 검은 강이 떠올랐다. 우리 식구가 강을 넘는다는 게 어떤 의민지, 그때 나는 묻지 않고도 알 수 있었다. 내가 열네 살이던 여름이었다.

중국에 머물 때 우리 세 식구는 흩어져 살았다. 처음에 어머니는 우리를 데리고 한족 홀아비와 함께 살았다. 북송 당했던 두려움 때문에 어머니는 첩살이라도 해야 했다. 훗아버지*는 예순이 다 된 노인이었는데 성질이 사납고, 무엇보다 우리를 싫어했다. 어머니는 그 집에서 몸종같이 일했다. 집안일에, 농사일까지 쉴 시간이 없었다. 말이 통하지 않아서 내가 야단을 맞거나 매를 맞아도 어머니는 꿀 먹은 벙어리처럼 지켜보고만 있었다.

누나가 먼저 그 집을 떠났다. 기차로 하루는 꼬박 가야 하는 곳에 저우판 아저씨가 일자리를 알아봐 주었다. 나는 어머니가 사는 곳에서 반나절 정도 떨어진 시골의 한 농장으로 가서 숨어 지냈다. 농장에서는 소와 돼지 똥 치우는 일을 했다.

* 의붓아버지를 뜻하는 북한 말.

일이 힘든 건 견딜 수 있었지만, 말도 통하지 않는 데다 잡혀 갈지 모른다는 불안감 때문에 어머니를 만나는 날만 기다렸다. 중국 공안의 감시망을 피하는 건 나보다 누나나 어머니가 더 어려웠다. 나를 만나러 올 때마다 어머니는 조금만 기다리면 우리 세 식구가 함께 모여 살 수 있을 거라고 했다.

누나를 마지막으로 만난 건 어머니가 훗아버지 집에서 도망쳐 나왔을 때였다. 어머니는 저우판 아저씨가 얻어 놓은 중국인 할머니 집에 숨어 있었다. 나는 짐을 하나도 챙기지 않은 채 차비만 들고 농장에서 나와 저우판 아저씨와 만나기로 한 시내로 나갔다. 그리고 어머니가 있는 곳으로 갔다. 누나는 사흘 뒤에 어머니와 내가 있는 곳으로 왔다. 며칠에 한 번 저우판 아저씨가 찾아왔다. 누나는 그 집에서 보름쯤 지내다가 다시 저우판 아저씨를 따라갔다. 중국 말을 웬만큼 하는 누나는 일할 때도 들통이 나지 않았다고 어머니를 안심시켰다. 누나는 우리가 그 집을 떠날 때에 맞춰 다시 오겠다고 했지만, 오지 않았다. 어머니와 나는 그곳에서 제3국으로 갈 때까지 문 밖 출입도 못한 채 두 달이나 갇혀 살았다.

어머니와 나는 쫓기듯이 저우판 아저씨를 따라 제3국으로 가는 길에 올랐다. 중국에서 더 머물렀다간 일이 잘못될지도 모른다고 아저씨가 재촉했다. 우리가 먼저 제3국으로 가 있으면 곧 누나도 따라올 거라고 했다. 어머니는 저우판 아저씨를 믿었지만, 나는 믿지 않았다. 중국을 종횡무진 돌아다니며 건

달패처럼 사는 저우판 아저씨는 언제나 나를 불안하게 하는 사람이었다. 어머니도 알면서 어쩔 수 없이 아저씨를 믿을 수밖에 없었을 거다.

누나를 마지막으로 본 지 벌써 1년이 지났다. 누나는 지금 중국의 한 한족 식당에서 일하며 안전하게 지내고 있다고 했다. 어머니는 하루라도 빨리 누나를 데려오고 싶어 했지만, 저우판 아저씨가 복씨 아저씨에게 전한 얘기로는 갈수록 중국 공안의 단속도 심해지고, 국경 경비도 강화돼 일이 쉽지가 않다고 했다.

입맛이 없는지 어머니가 수저를 놓는다. 어머니가 밥을 다 먹을 때까지 일을 만들지 말걸. 그렇잖아도 어머니는 누나 말만 나오면 아픈 사람처럼 낯빛이 변하는데, 입맛까지 잃은 모양이다.

어머니가 밥상을 밀치고 드러눕는다. 서너 시간 후면 어머니는 다시 일을 나가야 한다. 어머니는 24시간 영업을 하는 뼈다귀 해장국집에서 일한다. 저녁 여섯 시부터 새벽 다섯 시까지가 어머니가 일하는 시간이다. 밤새 잠도 안 자고 음식을 먹고 술을 마시는 사람들이 있다는 게 신기하다. 밤에는 잠을 자야 정상 아닌가?

어머니는 하루 열한 시간씩 일한다. 강철처럼 단단한 사람도 그 정도라면 견디기 힘들 텐데 어머니는 이를 악물고 참아내는 거다. 순전히 돈 때문이다. 밤과 낮을 바꿔 살면서 어머니의 허리 병은 더 심해졌다. 등허리서부터 어깻죽지까지 파스를 덕지덕지 붙이고 잠이 든 어머니 곁에 가면 파스 냄새가 진동한다. 출근할 땐 파스를 붙일 수도 없다. 파스 냄새가 나면 손님들이 싫어한다. 어머니 성격에 아파도 아프다고 말할 사람이 아니다.

나는 내 방으로 건너와 침대에 벌러덩 드러눕는다.

"누나!"

목구멍에 걸려 있던 말을 칵 뱉어 내자 눈자위가 뜨끈해진다. 오늘은 죽을 것 같아도 내일은 살아날 구멍이 있다고 어머니는 늘 말했다. 나는 어머니가 믿고 있는 그 말을 가슴속으로 단단히 밀어 넣는다.

　아파트 상가 건물 후문에 내놓은 똥색 소파에 복씨 아저씨가 앉아 있다. 며칠 안 보이던 아저씨가 보이자 반가웠지만, 나는 아무 일 없는 양 천천히 걸어가 아저씨 옆에 털썩 주저앉는다. 아니나 다를까, 아저씨 몸에서 술 냄새가 풍긴다. 아저씨는 오늘도 술 마시고 해바라기를 하고 있는 거다. 꼭 말라비틀어진 염소처럼 깎지 않은 수염을 매단 채 담배 연기를 풀풀 날리며.
　"어디 갔다 오셨습니까?"
　"어째 묻네?"
　"여수 갔었습니까?"
　으흠, 아저씨가 헛기침을 한다.
　"알 거 없어. 어른들 일이다."

"아저씨 또 술 드셨습니까?"

"와? 먹었다."

아저씨 목소리가 성난 듯 툭 불거진다. 누가 들으면 아저씨와 내가 말씨름이나 하고 있는 줄 알겠다. 누나 일이 궁금하지만 사람들이 많이 지나다니는 길목이라서 조심스럽다.

아저씨는 꽁초가 다 된 담배를 뻑뻑 빨아들인다. 눈이 멍하게 풀린 아저씨 입가엔 막걸리 찌꺼기가 묻어 있다. 그래도 여기서 우리가 믿는 건 복씨 아저씨밖에 없는데, 아저씨 몰골이 갈수록 실망스럽다. 복씨 아저씨네 아주머니는 '남자는 집안의 멍멍이, 여자는 희망새'라는 말이 하나도 틀린 게 없다고 했다. 남자라고 큰소리만 땅땅 치면서, 처자식이 굶는 줄도 모르고 빈둥거리면서 밥만 축낸다는 말이다. 아주머니한테 그런 말까지 들으면서도 아저씨는 여전히 술 먹는 버릇을 고치지 못했다.

고향에서 잠수부 기술자였다는 아저씨는 배를 타고 먼바다까지 나가 깊은 바닷속을 자유롭게 다녔던 사람이다. 온몸으로 물의 저항을 뚫고 해저 깊은 곳으로 들어가면 바닷속의 신비한 세상이 펼쳐진다고 했다. 아저씨 팔 길이보다 더 큰 문어를 잡고, 작살로 바위틈에 납작 붙은 넙치와 어른 팔뚝만한 어린 상어도 잡았다. 등이 푸른 고래가 물너울을 타고 유유히 바다를 가로지르는 걸 보았다고도 했다. "진짜 고래를 봤습네까?" 내가 묻자 아저씨 입가에 미소가 떠올랐다. "고래랑 나란히 헤엄도 쳤다. 그놈하고 같이 놀 땐 세상 무서운 게 없었지. 고래는 사람을 해치지 않는다. 아주 순한 동물이지."

아저씨가 바다 얘기를 할 때 나는 고향에서의 어린 시절을 떠올렸다. 여름이면 친구들과 어울려 옆 동네 바닷가까지 불볕을 흠뻑 뒤집어쓰고 걸어갔다. 배가 묶인 부두 근처에서 배들 사이를 헤엄쳐 다니며 놀다가 부두에 떨어진 생선을 주워 집까지 들고 온 적도 있었다. 고향에서 내가 아저씨를 봤을 리 없겠지만, 아저씨가 잠수부 기술자였다는 사실만으로도 괜히 내 가슴이 뿌듯했다. 그런 아저씨가 이곳에서는 물 떠난 고기처럼 맥을 못 추고 있다. 차라리 고래 등에 올라타고 바다를 휘저었다고 하지.

아저씨가 일을 안 하고 술만 마시는 게 일을 찾지 못해서인지, 술 때문인지는 모르겠다. 예전처럼 아저씨가 잘할 수 있는 일을 하고 싶다면 바다가 있는 동네로 가면 고민은 쉽게 해결될 것 같은데, 아저씨가 무슨 생각을 하는지 알 수가 없다. 하긴 아저씨 마음을 내가 무슨 수로 아나. 나 자신도 무얼 어떻게 해야 할지 몰라 빈둥거리면서 시간만 죽이고 있는데.

복씨 아저씨가 담배꽁초를 발로 밟으며 자리에서 일어난다. 끙, 된 힘을 주고 일어선 아저씨 몸이 한쪽으로 쏠린다. 생각보다 술을 많이 마신 모양이다. 내가 말릴 틈도 없이 아저씨는 상가 쪽으로 걸음을 옮긴다. 상가로 들어가는 회전문은 고장 난 채 아직 그대로다. 아저씨는 비틀거리며 회전문을 어깨로 밀다가 옆에 붙은 유리문을 밀친다. 내가 상관할 바 아니지 하면서 돌아섰는데 이런! 복지관 현관 앞에 서 있는 노랑머리와 눈이 딱 마주친다.

한 번 눈에 띄면 자주 걸린다. 생각지도 않았는데 불쑥, 꼭 나를 따라다니는 것처럼. 아파트 단지가 좁아서 그러나? 다른 아파트처럼 단지 안의 길이 골뱅이처럼 꼬여 있는 것이 아니라 사각으로 빙 둘러 가며 네 개의 동이 마당을 가운데 두고 있다. 버스 정류장으로 나가는 입구에 상가가 있고 상가 오른쪽에 복지관이 떡하니 버티고 있다. 여기선 노랑머리를 피할 방법이 없다.

"박승규!"

귀청에 따가운 목소리가 꽂힌다. 지나가는 사람 다 듣겠다. 무슨 여자 목소리가 겁도 없이 저렇게 높게 울리나. 내가 미처 걸음을 옮기기도 전에 노랑머리가 빠른 걸음으로 다가와 앞을 막아선다.

"요즘은 생각보다 자주 보네. 오늘은 나, 시간 있는데."

이번엔 손을 내밀진 않았지만, 할랑한 말소리가 거슬린다.

"저는 시간 없습니다!"

"뭣 때문에 바쁜데? 얘기 좀 하고 싶은데."

"무슨 얘길 말입니까?"

"내가 우리 복지관 청소년 담당이라고 말했잖아. 너하고 잘 지내고 싶어서 그러지. 네가 배울 수 있는 프로그램도 몇 개 있어. 악기 배우면서 취미 생활할 수 있는 밴드부도 있고, 그림 그리면서 자기 계발하는 동아리도 있어. 어때? 뭐 관심 가는 거 있음 말해."

마음이 없으면 입 꾹 다물고 가만있으면 그만인데 공연히 말대답을 했다가 말꼬리를 잡힌 격이다. 그런데 여전히 반말이다.

"몇 살입니까?"

오기가 나서 불쑥 뱉은 말이다. 노랑머리는 깔깔깔 방정맞게 웃어 댄다.

"내 나이가 그렇게 궁금해?"

궁금한 게 아니라 따지고 싶어서 그런다.

"음…… 대학 졸업하고 여기서 근무한 지 3년 차니까 계산해 봐."

뭐든 농담처럼 대답하는 게 노랑머리 말버릇인가? 가볍기 짝이 없는 말투도 그렇지만, 아무한테나 헤프게 웃는 것도 마음에 들지 않는데 자기 나이를 나보고 계산해 보라니. 지금 나는 말놀이나 할 기분이 아니다.

"아무렴 내가 아무것도 모르면서 너한테 마구 반말이겠니? 너 열일곱 살이잖아. 꿈 많은 청소년. 내 나이쯤 돼 보면 알겠지만, 참 부러운 나이다."

노랑머리의 긴 속눈썹이 깜빡거린다. 얼른 자리를 뜨지 않으면 꼼짝없이 말려들게 생겼다. 무슨 맘을 품고 나한테 호의를 베푸는지는 모르지만, 관찰당하는 것 같아 기분이 여전히 찜찜하다. 지금 내겐 복씨 아저씨밖에 보이지 않는다.

복씨 아저씨가 검은 비닐봉지를 들고 비틀비틀 걸어온다. 비닐봉지 속엔 술이 들어 있을 거다. 저렇게 대책 없이 술을 마시면 안 되던 일이 좀 풀리나.

"내 얘긴 듣고 있는 거니? 너 그거 알아? 나하고 얘기할 때 한 번도 눈 맞춰 본 적 없다는 거. 사람이랑 얘길 할 때는 그 사람 눈을 봐야지. 내가 허수아비랑 얘기하는 게 아니잖아."

그래도 나는 다 보고 있다. 깜빡거리는 속눈썹, 말할 때마다 움직이는 왼쪽 아랫눈썹 밑의 쥐똥만 한 점, 풀풀 날리는 노란 머리까지.

"너한테 도움이 되고 싶어서 그래. 혼자보다 아이들과 어울리는 게 좋지 않니. 어려운 거 있으면 언제든 콜해. 난 항상 너를 위해 대기 중이니까. 나도 밥 좀 벌어먹고 살자."

코맹맹이 소리를 하며 노랑머리가 손을 내민다. 악수는 끝까지 하고 말겠다는 고집이다. 나는 마지못해 그 손을 잡는다. 노랑머리가 내 손을 잡고 감격스러워하는 얼굴로 흔들어 댄다. 생각보다 단단한 힘이 느껴지는 손이다.

"우리 이제 정식으로 인사 튼 거다."

노랑머리 입이 좋아서 헤벌어진다. 그냥 호기심일 뿐이겠지. 내가 별종이니까. 그렇다고 호락호락 넘어갈 박승규가 아니다.

"나에 대해서 잘 압니까?"

 뭐가 그렇게 우스운지 내가 입만 떼면 노랑머리는 호호호 깔깔깔이다. 노랑머리는 정말 우스워서 웃는지 모르지만 나는 하나도 우습지 않다. 정말로 궁금해서 묻는 거다. 도대체 나를 어떻게 생각하는지, 나에 대해서 얼마만큼 아는지.

"알 만큼 알아. 내가 이 구역 청소년 담당이라고 했잖아. 너 그 존칭어 때문에 우쭐해서 내가 자꾸 끌려."

 노랑머리는 장난스럽게 내 머리를 콕 쥐어박는다. 점점, 이젠 손버릇까지.

 나는 노랑머리를 무시하고 검정 비닐봉지를 들고 휘청휘청 걸어가는 복씨 아저씨를 쫓아간다.

"담에 또 보자."

 뒤통수에 노랑머리 목소리가 날아온다.

"너, 저 에미나이 잘 아네?"

 내가 노랑머리랑 얘기하는 걸 아저씨도 본 모양이다.

"잘 모릅니다."

"잘하라. 사무원들은 모르는 기 없이 다 알고 있어. 다 한 패거리거든."

 고분고분하게 대하라는 건지, 조심하라는 건지 아저씨 뜻을 잘 모르겠다. 우리는 5년 동안 기관의 관찰을 받게 되어 있다. 눈에 보이지 않는 울타리가 있다는 뜻이다. 우리가 자유로운 영혼이 되려면 아직도 멀었다는 얘기다.

복씨 아저씨네 집은 1층이어서 고깃배의 어창에 들어온 것처럼 푹 꺼지는 느낌이다. 집 안에선 생선이 썩는 듯한 쿰쿰한 냄새까지 난다. 현관엔 치우지 않은 쓰레기가 잔뜩 쌓여 있다. 부엌을 지나 방으로 들어가는데 옷가지며 빈 술병, 밥상이 발에 툭툭 걸린다.

"술잔이랑 안주 좀 꺼내 갯고 와."

아저씨는 방에 자리를 잡고 앉아 소주병 뚜껑부터 딴다. 냉장고 문을 열자 김치 냄새가 확 풍긴다. 먹다 남은 김치를 뚜껑도 덮지 않고 그냥 넣어 두었다. 국물이 말라 김치는 꾸덕꾸덕하다. 냉장고는 거의 텅 비었다.

"김치면 됐어."

아저씨가 재촉한다. 술잔으로 쓸 만한 그릇이 없다. 개수통엔 음식 찌꺼기와 행주가 엉겨 붙은 설거지거리가 잔뜩 쌓여 있다.

"밥그릇만 하나 헹궈 와."

설거지통에서 그릇 하나를 건져 수돗물에 닦는다. 돼지비계 기름인지 끈끈하게 기름기가 묻어 있어서 깨끗이 씻기지 않는다. 아주머니 없이 혼자 사는 홀아비 티가 팍팍 난다. 종일 술 마실 생각만 하는지 아저씬 다른 일엔 관심이 없다. 밥은 언제 끓여 먹는지 모르겠고, 집 안은 돼지우리 같다. 이 꼴을 보면 그렇잖아도 불만이 많은 아주머니는 정나미가 팍팍 떨어질 거다. 이렇게 가다간 '남자는 집안의 멍멍이'란 딱지는 평생 가도 못 뗄 거다.

"아저씨, 여수는 왜 갔었습네까?"

아저씨가 밥주발에 소주를 따라 꿀꺽꿀꺽 들이켠다. 손가락으로 김치를 집어 우물우물 씹는 아저씨 볼은 푹 꺼졌고 눈은 퀭하다.

"여수는 아주 남쪽이야. 여기선 북쪽보다 남쪽이 더 멀디."

엉뚱한 대답이다.

"마누라는 화장도 뽀얗게 하고 살도 통통하게 올랐어. 나야 거지꼴이지 뭐."

이래서 아저씨와 얘기를 나눌 수 있나?

남은 술을 따르자 소주 한 병이 금세 바닥난다.

"아저씨, 삼촌하고는 연락 안 합네까?"

아저씨는 벌건 눈을 뒤룩뒤룩 굴리며 새삼스럽게 나를 빤히 쳐다본다.

"남쪽이 먼가, 북쪽이 먼가……."

아저씨는 혀 꼬인 소리로 중얼거린다. 도무지 무슨 말을 하는지, 술만 취하면 남쪽이 멀다는 타령이더니 이젠 남쪽과 북쪽이 헷갈리는 모양이다.

"삼촌하고 연락이 돼야 우리 누나 일을 물어볼 것 아닙네까?"

"너한테 누나가 있네?"

아저씨가 내 쪽으로 쓰러질 듯 몸을 기울이며 느릿느릿 묻는다. 누렇게 센 속눈썹이 내 코끝에 닿아 있다.

"누나 있슴다. 아저씨 지금 농하시는 겁네까?"

나는 화가 나서 소리를 꽥 지르며 몸을 뗀다.

"나는 모른다. 나는 내가 누군지도 몰라."

아저씨는 방 한구석에 밀쳐져 있는 이불 더미 위로 푹 쓰러지며 중얼거린다. 아저씨한테 제대로 된 얘기를 듣긴 다 틀렸다. 쓰러진 채 사타구니에 손을 끼우고 몸을 웅크린 아저씨는 한 마리의 상한 고래 같다. 이렇게 살려고 아저씨는 여기까지 왔을까. 나는 발에 걸리는 것을 아무렇게나 툭툭 차며 아저씨 집을 나온다. 나한테 함께 바다를 휘젓던 고래가 있었다면, 나는 고래를 찾아 떠났을 거다. 민우 형처럼 말이다.

실내는 파르스름한 빛에 잠겨 있다. 사이버 세계 속으로 들어온 것처럼 시끄러운 전자음이 팡팡 튄다. 생각보다 훨씬 넓고 고급스런 분위기에 얼이 나가서 나는 머뭇거리며 카운터로 다가간다. 모니터 앞에 코를 박고 있던 청년이 나를 힐끔 쳐다본다. 그뿐이다. 나는 태연한 척 계산을 하고 좌석 번호를 받아 쥐고 자리를 찾아간다.

칸막이가 된 똑같은 책상에서 번호를 찾기란 여전히 쉽지 않다. 컴퓨터 사용법과 피시방 이용하는 법을 익히고 맨 처음 피시방을 찾았을 때 당혹스러웠던 것과 하나도 다르지 않다. 한국에 들어와서 가장 신기했던 게 컴퓨터다. 말로만 듣던 컴퓨터를 실제로 내 손으로 만져 보다니. 누나는 부국 강성의 나라가 되는 멀지 않은 미래에 집집마다 컴퓨터 한 대씩 놓고 살날이 올 거라고 배웠다는데 이곳은 컴퓨터가 흔해 빠진 장난감처럼 취급되고 있다.

나는 둘레둘레 주위를 두리번거리며 겨우 자리를 찾아가 앉는다. 등받이가 긴 의자에 등을 기대자 몸이 푹 꺼지듯 묻힌다. 쉼터 아이들과 어울려 피시방 견학을 가 본 후, 혼자서는 처음이다. 집에 있는 컴퓨터는 후원자가 기증한 중고 제품이라 고장이 잦다. 에이에스 센터에 연락하기가 귀찮아 며칠째 먹통인 채로 두고 있다.

옆자리에선 불을 내뿜는 기관총질이 한창이다. 모니터에서 뿜어져 나오는 빛 때문에 교복을 입은 남학생의 눈이 푸른 광선을 내뿜고 있는 것처럼 보인다. 슬쩍 고개를 돌려 훔쳐봤을 뿐인데, 볼때기에 따가운 시선이 느껴진다.

"씹새!"

누구에게 하는지 모를 욕지거리가 귀에 걸린다. 순간 움찔했지만 나는 당당하게 어깨를 펴고 컴퓨터를 켠다.

컴퓨터 교육을 받을 때 이메일 계정을 만들어 놓고 신기해하던 기억이 살아난다. 하지만 시험 삼아 쉼터 아이들과 주고받은 후로는 사용해 본 적이 없다. 나에게 이메일을 보낼 사람은 기껏해야 민우 형뿐이다.

형은 한국에 들어와서 용림이란 원래 이름을 버리고 민우로 개명했다. 옛날의 이용림은 잊어버리고 철저하게 이민우로 살아가겠다고 했다.

나보다 두 살 많은 민우 형은 키가 크고 손가락과 발가락이 길었다. 소학교 때 무용을 잘한 재주꾼이었다. 평양에 있는 예술단에 입단하는 게 형의 꿈이었다. 노래든 춤이든, 예술적인 일을 하고 싶었다고 했다. 여덟 살 때 부모님이 돌아가시고 할머니와 단둘이었던 형은 할머니가 돌아가시자 앞날이 백팔십도로 바뀌어 버렸다고 했다. 고등중학교엔 입학도 못하고 학교를 그만두었다. 형을 돌봐 줄 만한 친척은 아무도 없었다.

형은 그때부터 떠돌아다녔다. 평양 예술단에 입단하겠다는 꿈을 잃고 꽃제비 생활을 했던 형은 이루지 못한 꿈을 찾아 이곳까지 왔다고 했다.

민우 형은 틈만 나면 카세트를 들고 쉼터 옥상에 올라가 춤을 췄다. 텔레비전에서 본 춤을 흉내 내는 거였다. 형의 몸은 가는 철사를 마음대로 구부리는 것처럼 자유자재로 움직였다. 춤추는 형 곁에 있으면 내 몸도 들썩거렸다. 박자가 빠른 알아들을 수 없는 노래지만, 나도 모르게 따라서 흥얼거렸다.

나는 몸이 둔해서 춤은 어울리지 않지만 타악기를 치는 연주는 좋아했다. 소학교 때도 가장 신 나고 기대에 부풀었던 시간이 예술 소조 활동 시간이었다. 소고나 북을 치면서 리듬을 탈 때면 저절로 몸에 흥이 붙었다. 동무들 앞에 나가 대표로 시범을 보일 때면 우쭐한 기분에 더 신명이 붙었다.

하지만 학교에 가는 날보다 가지 못하는 날이 많아지면서 소질을 계발할 기회는 없어졌다. 식량 사정이 나빠져 학교 급식이 나오지 않는 날이 더 많았다. 배고픈 아이들은 학교에 오는 대신 먹을거리를 찾아다녔다. 소조 활동을 지도하던 선생님도 학교에서 사라졌다. 교실에 있는 풍금은 정물처럼 고요하게 입을 다물었다. 나는 꿈을 꿔 볼 새도 없이 학교생활을 얼렁뚱땅 접었지만, 타악기를 두드릴 때의 행복했던 기억은 고스란히 남아 있다.

"왜 춤을 춥니까?"

나는 형에게 물었다.

"좋으니까. 내가 가장 하고 싶은 게 춤추는 거니까."

형은 거기 있었어도 꿈은 못 이뤘을 거라고 했다. 아무나 예술단에 들어갈 수는 없었다. 형에게는 평양 가는 길이 중국 국경을 넘는 길보다 더 먼 길이었다고 했다.

땀에 젖은 머리칼을 쓸어 넘기는 형의 모습은 멋져 보였지만, 나는 왠지 형이 안쓰러웠다. 정말로 이곳에선 하고 싶은 대로 하고, 이루고 싶은 걸 다 이룰 수 있을까. 한국으로 들어올 때 어머니가 내게 한 말도 그랬다. 여기선 뭐든 다 할 수 있다고. 인천 공항에 비행기가 착륙할 때 번쩍이는 불빛을 보며 나도 그런 줄 알았다. 하지만 하나원*을 거쳐 쉼터 생활을 하고 어머니와 헤어져 살면서 내가 할 수 있는 일이 그리 많

---

* 북에서 온 주민들의 사회 정착 지원을 위하여 설치한 통일부 소속 기관으로 정식 명칭은 '북한 이탈 주민 정착 지원 사무소'이다. 북에서 온 주민들은 이곳에서 12주간 머물며 생활 지도 및 적응 훈련을 받는다.

지 않다는 걸 이내 깨달았다.

　민우 형은 춤추는 것 말고는 아무것도 하고 싶은 게 없다고 했다. 춤을 출 때 형은 외롭지 않다고 했다. 형이 쉼터에서 독립한 것도 춤을 추기 위해서였다. 열심히 공부해서 대학에 들어가는 건 형의 길이 아니라고 했다. 형 앞에 있으면 나는 아주 작아지는 것 같았다. 춤추는 형의 모습이 좋아서 카세트를 들고 졸졸 따라다니며 조수 노릇까지 했는데, 형의 유일한 관객은 나뿐이었는데…….

　못 본 사이에 연락도 뜸해졌다. 마음만 먹으면 형을 만나러 갈 수도 있지만, 나는 아직 형에게 내보일 게 없다. 아무것도 없이 무작정 형을 찾아가고 싶지는 않다. 사나이 대 사나이로 형에게 보여 줄 수 있는 뭔가를 내 손에 쥐었을 때 형을 보러 갈 생각이다. 그리고 언젠가 나를 초대하겠다는 형의 약속을 기다리고 있다.

　인터넷 화면이 뜨자 나는 자판을 뚫어져라 쳐다본다. 자판의 글자를 찾는데도 신경을 곤두세워야 한다. 양쪽 검지 손가락 두 개를 세워 틱탁틱탁 자판을 친다. 드디어 편지함이 열리자 눈이 휘둥그레진다. 나한테 온 편지가 수십 통이나 쌓여 있다. 이런 게 스팸 메일이라고 교육은 받았다. 내가 누구인지도 모르면서 보낸 이메일들을 보자 이놈의 사이버 세상이란 곳은 무섭기도 하고 도무지 믿을 게 못 된다는 생각이 든다.

　스팸 메일들을 하나씩 지운다. 혹시나 했지만 민우 형한테

서 온 편지는 없다. 기대는 하지 않았지만 고갱이가 툭 부러진 것처럼 속이 허전하다. 편지함을 닫고 실내를 한 번 쭉 훑어본다. 하릴없이 주위를 두리번거리는 사람은 나밖에 없다. 군데군데서 담배 연기가 뽀얗게 피어오른다. 설익은 어둠이 낯설긴 하지만 꽤 마음에 드는 곳이다. 두리번거리다가 옆자리의 남학생과 눈이 마주친다. 이리저리 고개를 돌릴 때부터 나를 쏘아보고 있었던 모양이다.

"뭘 봐?"

앉은자리에서 봐도 덩치가 나보다 훨씬 커 보인다. 내가 슬그머니 고개를 돌리려 하자 녀석이 주먹으로 책상 칸막이를 탁 친다.

"너, 중딩이지?"

대뜸 반말이다. 중딩. 기껏해야 열대여섯 살짜리 중학생을 얕잡아 보는 말이라는 것쯤은 안다. 나는 말없이 녀석을 향해 눈을 부릅뜬다.

"대답해, 얀마."

대답 못하겠다. 내가 왜 버르장머리 없는 네깐 녀석의 그따위 말도 안 되는 소리에 대답을 해야 돼. 순간 욱하고 치미는 성질을 눅이느라 나는 이를 사리문다.

"왜, 기분 나빠?"

녀석의 입꼬리가 올라간다. 이런 데서 시비 붙고 싶지 않다. 이로울 게 없다.

"그럼 초딩이냐?"

녀석이 이를 드러내며 히죽 웃는다. 그러곤 나를 아래위로 훑어 내린다. 나는 녀석의 눈을 노려보며 턱에 힘을 주어 내뱉는다.

"말조심해!"

녀석이 팔을 번쩍 치켜든다. 여차하면 한 대 치겠다는 품새다. 순간 나는 녀석의 팔목을 움켜쥔다.

"아쭈, 힘깨나 쓰는데."

나는 녀석의 팔목을 잡은 손에 다시 한 번 힘을 준다.

"그러니까 새꺄, 넌 뭐냐고오?"

비웃는 듯한 녀석의 표정이 일그러진다. 나는 녀석의 눈을 뚫어져라 쳐다본다. 그래, 네 눈엔 내가 뭐로 보이냐? 그러는 넌 뭔데? 너는 네가 뭔지 제대로 아냐? 병신 새끼. 나는 끓어오르는 분노를 삼킨다. 녀석의 눈이 움찔거린다.

"건드리지 마!"

내 억양이 흔들린다.

"건드리지 마? 나 고딩이야 새꺄, 어디서 쥐방울만 한 새끼가 까불어."

"새꺄 새꺄, 하지 마."

"그래? 듣는 새끼 기분 나쁘다? 이게 농담도 할 줄 아네."

녀석이 의자를 뒤로 확 밀며 자리에서 일어선다. 민우 형 키만 하다. 나는 앉은 채 턱을 쳐들고 녀석을 쏘아본다. 칠 테면 쳐 봐라, 내가 맞고만 있을 줄 아냐?
"일어나!"
못 일어나겠다면? 녀석의 턱주가리에 주먹을 한 방 먹이고 싶어 손이 근질거린다.
"못 일어나?"
녀석이 부르르 떨며 고함을 친다. 나는 앉은 채 녀석의 가슴팍에 붙은 김상휘라는 이름표를 노려본다. 성난 놈은 제풀에 날뛰는 걸 두고 보면 안다. 진짜 상대할 만한 놈인지, 아닌지.
"야, 무슨 일이야. 손님들도 있는데 왜 싸움질이야?"
그때 카운터에 있던 청년이 다가오며 언성을 높인다. 청년은 녀석이 밀쳐 낸 의자를 끌어당기더니 두 손으로 녀석의 어깨를 눌러 앉힌다. 싸움닭처럼 퍼덕거리던 녀석이 싱겁게 의자에 주저앉는다.
"제발, 문제 좀 일으키지 마라. 이번엔 니가 여기서 내 밥줄 끊을래?"
"내가 언제요?"
녀석이 청년을 올려다보며 짜증스럽게 눈살을 찌푸린다.
"고딩 됐다고 지금 시위하냐. 왜 처음 보는 손님한테 시비야. 쫓겨나고 싶어?"
"누가 시비를 걸어요? 아무것도 안 하면서 기분 나쁘게 자꾸 쳐다보잖아요."
녀석의 목소리가 수그러든다. 성깔 있는 놈인 줄 알았더니 덩치만 큰 물렁이다.
"그만해라. 나 피곤해. 어젯밤도 여기서 새웠거든?"
청년이 슬리퍼를 찍찍 끌며 제자리로 돌아가자 녀석이 제 분에 못 이겨 두 발로 바닥을 쾅쾅 쳐 댄다. 신경 쓰지 않으려고 애쓰는데 나도 모르게 자꾸만 눈길이 간다.
"보지 말랬잖아!"
녀석이 소리를 지르며 컴퓨터의 볼륨을 확 올린다. 갑자기 폭탄 쏟아지는 소리가 천장을 울린다.
종간나새끼. 똥은 더러워서 피하는 거다.
나는 자리에서 일어나 카운터로 뚜벅뚜벅 걸어간다. 나도 모르게 피식 웃음이 배어 나온다. 싱거운 놈! 생각할수록 어이가 없다. 그때 등 뒤에서 빠방, 하는 총소리가 터진다. 오늘 같은 날을, 재수 옴 붙었다고 하는 거다.

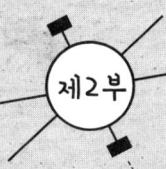

제2부

열일곱과
열아홉 사이

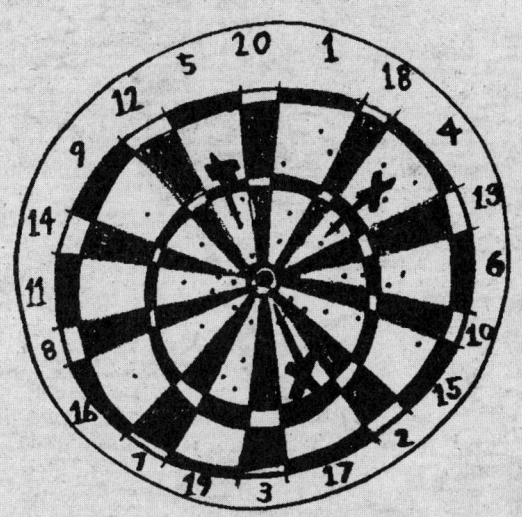

대부분의 사람들은 나를 진짜 내 나이로 봐 주지 않는다. 키 작은 것이 약점이긴 하지만 그것 때문에 나 스스로 못난 사람이라고 생각해 본 적은 없다. 남들 눈에 보이는 내가 다는 아닌데, 사람들은 보이는 대로만 나를 보려고 한다. 사람들의 눈높이에 맞춰 행동할 때도 있지만, 그건 어디까지나 살아남기 위한 내 나름의 전략이다.

"이 아인 열여섯 살입니다."

지난해 한국에 입국해 신분 조사를 받을 때, 어머니는 열여덟 살인 나를 열여섯 살이라고 말했다. 나는 어머니의 눈을 피했다. 앞으로 우리에게 어떤 일이 벌어질지 모르는 상황에서 어머니도 속으로는 나처럼 떨고 있었을 거다.

나는 확실히 덜 자랐다. 영양분이 모자라 발육이 늦었고, 잔

병치레가 잦아 어머니가 늘 노심초사했다. 다른 애들보다 학교도 늦게 들어갔고, 아파서 학교에 가지 못하는 날도 많았다. 나는 노란 햇살이 퍼져 있는 토담 아래 서서 내 키가 요만큼 더 크려면 얼마나 걸리나, 금을 그어 놓고 매일매일 지켜보기도 했다. 키가 작기 때문에 무시당한 일은 셀 수도 없이 많았지만 그렇다고 주눅이 들면 안 된다고 어머니는 말했다.

"뭐이든 자신감을 가져. 그래야 남자가 되는 기야."

나는 이곳에 와서 열여섯 살로 새로 태어난 셈이다. 내가 까먹은 두 살 나이는 내 속에 응축되어 뾰족한 가시처럼 박혀 있다. 하지만 사람들은 내 속에 박힌 가시를 보지 못한다. 그건 어쩌면 저 혼자 불거지다 무디어지고, 내가 이곳 사람들과 섞여 살아가는 동안에 스르르 녹아 버릴지도 모른다. 하지만 중요한 건 내가 나를 잊지 않고, 스스로를 멸시하지 않는 거다. 그게 바로 어머니가 말한 '남자'가 되는 것이기도 하다.

느지막이 일어난 어머니가 조그만 바구니를 들고 목욕탕에 간 뒤 나는 방 안에서 다트판에 화살을 던지며 '열일곱 살!' 하고 혼자서 다짐을 해 본다. 내 머릿속에 잃어버린 나이만큼 구멍 두 개가 뚫려 있는 것 같다. 다트판에서 화살을 뽑아 내는데 초인종 소리가 들린다.

땡똥 땡똥 땡똥.

느닷없는 초인종 소리에 나는 한껏 숨을 죽인다. 쓸데없이 문을 열었다간 낭패를 당하기 쉽다는 것도 몇 번의 실수를 하고서야 깨달았다. 한번은 초인종 소리에 문을 열었더니 낯선 여자 둘이 서 있었다. 누구시냐고 묻자 여자들이 불쑥 목이 말라서 그런다며 물을 한 잔 달라고 했다. 나는 아무 생각 없이 부엌에 가서 컵에 물을 받았다. 그사이 여자들이 현관 안에 들어와 있었다. 여자들은 물을 다 마시고 빈 컵을 건네며 설교를 하기 시작했다. 한참을 듣고 보니 예수를 믿으라는 말이었다. 예수가 어떤 사람인지는 쉼터에 있을 때 교회 목사님의 설교를 듣고 알았지만, 예수도 여러 종류인 줄은 몰랐다.

쾅쾅쾅.

이번에는 주먹으로 문을 치는 소리가 들린다. 쾅쾅쾅 소리는 앰뷸런스의 경보음만큼이나 나를 움츠러들게 한다. '함부로 주먹으로 문을 치지 마시오!' 문짝에다 써 붙여 놔도 소용없다. 대체 눈은 어디에 달린 거야? 나는 본능적으로 숨소리를 죽인 채 창문 쪽으로 다가간다.

"박승규, 박승규!"

어디서 많이 듣던 목소리다.

인상을 잔뜩 찌푸린 채 문을 열었더니 노랑머리가 서 있다.

"안에 있는 줄 알았어. 들어가도 되니?"

귓불에 착 달라붙은 별 모양의 귀고리가 반짝거린다. 청바지에 뜨개 티셔츠를 입고 노란색 사무원 조끼를 걸치고 있다. 속눈썹은 여전히 까맣게 화장을 했고, 쥐똥만 한 점도 그대로다. 눈을 깜빡거려 가며 고개를 집 안으로 쑥 들이민다. 나는 노랑머리 눈길을 피해 집 안을 휘둘러본다. 어머니가 누웠던 자리에 이불이 아직 그대로 있다. 어머니가 목욕탕에 씻으러 간 걸 알고 일부러 찾아온 것 같다.

"무슨 일입니까?"

"너무 야박한 거 아니니. 내가 일부러 이렇게 찾아왔는데. 나 방판 아줌마 아니거든?"

방판 아줌마? 아직도 여전히 알아들을 수 없는 말들이 많다. 하여튼 염치가 보통이 넘는 사무원이다.

나는 슬리퍼를 찾아 신는다. 어머니도 없는 집에 다 큰 처녀를 들일 수는 없다.

엘리베이터 안에서 우리는 입을 꾹 다문 채 나란히 서서 내려왔다. 좁은 공간에서 깔깔한 여자 목소리를 듣지 않아 다행이다.

"저번에 얘기한 거 말이야. 프로그램을 만들어서 벽보만 붙여 놓으면 아무도 안 들여다보거든. 한 사람이라도 같이 하려면 내가 일일이 방문해서 떼쓰고 다녀야 할 판이다. 너한텐 내가 특별한 애정을 갖고 있다는 거 아니?"

엘리베이터 밖으로 나서자마자 노랑머리가 참았던 말을 쏟아 놓는다.

또 교육인가? 교육이라면 하나원에서도 지겹도록 받았다. 자력갱생으로 성공한 사람들의 얘기도 수없이 들었다. 강사들은 하나같이 듣기 좋은 소리들만 늘어놓았다. 한국에서는 꿈

꾸기만 하면 모든 게 이루어질 것처럼. 어떻게 사느냐는 각자의 몫에 달렸지만, 꿈을 꾸는 자만이 이룰 수 있다고 열변을 토했다. 아무도 희망이 없다는 얘기는 하지 않았다. 누구도 복씨 아저씨처럼 꿈을 잃고, 살겠다는 열의마저 잃고 술독에 빠져 사는 사람도 있다는 걸 말해 주진 않았다.

복씨 아저씨만 그런가. 지금도 상가 후문에 방치된 똥색 소파에는 한 무리의 아저씨들이 모여 술판을 벌이는지 왁자지껄 시끄럽게 떠들고 있다. 이파리 하나 없이 서 있는 나무들처럼 겨우내 비어 있던 소파 주위로 날이 풀리면서 사람들이 하나둘 모여들었다. 그래도 아직은 바람이 쌉쌀하다.

나는 맨발에 슬리퍼를 끌고 나온 내 발을 힐끔 내려다본다. 노랑머리가 내 발을 볼까 봐 은근히 신경 쓰인다. 내 고향 함경북도는 겨울이면 코가 땡땡 얼 정도로 추웠다. 오줌도 얼고 빨래도 꽝꽝 얼어 고드름이 되었다. 겨우내 얼어붙은 강이 풀릴 때까지 몸에 살얼음이 낀 것처럼 추웠다. 그래도 아이들은 언 강에 나가 외발 썰매를 타며 얼음을 지쳤다. 지금쯤이면 얼음장 밑으로 물이 돌돌 흐르는 소리가 들릴 거다.

"추우니까 안에 들어가서 얘기하자. 따라 나온 거 보니까 그동안 내 노력이 가상하다고 생각됐나 보지?"

복지관 건물 안으로 들어간 노랑머리는 사무실 신발장에서 실내화를 꺼내 내민다. 나는 마지못해 실내화를 받아 신고 사무실 안으로 따라 들어간다.

"앉아. 다들 교육 들어갔어. 오늘은 내가 사무실 지킬 차례거든."

복지관 사무실은 처음이다. 여러 개의 책상들이 마주 보고 놓여 있는 사무실엔 노랑머리 말대로 아무도 없어 다행이다.

"차 마실래? 아니지. 초코파이 있는데 먹을래?"

완전 애 취급이다. 노랑머리 눈에는 내가 열일곱 살로밖엔 보이지 않는다는 얘기겠지. 그렇다면 할 수 없다. 노랑머리에게 진심을 털어놓고 싶은 생각은 없으니까. 노랑머리가 나한테 원하는 게 뭔지 그게 궁금할 뿐이다. 우리 집까지 쫓아올 만큼 나를 집요하게 쫓고 있는 이유가 뭔지.

노랑머리는 종이컵에 타 온 커피를 마시고 나는 초코파이를 빤히 바라만 본다.

"나 못 믿니? 이래 봬도 믿을 만한 사람이야. 너 너무 긴장한 거 같다. 마음 푹 놔도 괜찮아. 너한테 해롭게 안 할 테니까."

노랑머리 눈에는 내가 긴장한 것처럼 보이는 모양이다. 처음 들어와 보는 사무실 분위기에 어리둥절한 건 사실이다.

"우리 아파트에 새터민*이 몇 가구 있다는 건 너도 알지? 난 어른들한테 관심 있는 게 아니라 너한테 관심 있는 거야. 나는 청소년 담당이고 너는 내 손님이나 마찬가지니까."

"나를 관리하는 겁니까?"

---

* 북한 이탈 주민을 새롭게 이르는 말.

"으음. 관리라는 말은 좀 그렇다. 우리 복지관 관할 구역에 입주했으니까, 입주민을 도우는 거지. 그게 또 내 할 일이기도 하고. 내가 너에 대해서 알고 있어서 기분 나빴니?"

나는 노랑머리 시선을 피하며 슬리퍼 속의 발가락을 꼼지락거린다. 뭐라고 대답할 수 없을 땐 눈을 맞추지 않는 게 수다.

"여기 임대 아파트는 바닥이 좁아. 다른 데처럼 천 가구가 넘는 대형 아파트 단지도 아니고. 너도 살아 봐서 알겠지만 어렵게 사는 사람들도 많아. 하나 아쉬운 건 새터민들 중에 네 또래가 없다는 건데, 다르게 생각해 보면 이것도 기회잖니. 여기 친구들이랑 함께 어울릴 수 있으니까. 너한테도 어울릴 친구들이 필요하다고 생각해. 사회 경험이란 게 딴 게 아니라 바로 그런 거거든. 우선은 또래들을 만들어야지."

내가 모르는 것을 노랑머리는 줄줄 꿰고 있다. 복씨 아저씨 말이 맞다. 사무원들은 다 한 패거리니까.

"왜 학교엔 다니지 않는지 묻지 않겠어. 너한테도 사정이 있겠지. 검정고시 준비하니?"

나는 여전히 실내화 속의 꼼지락거리는 발을 내려다보며 입을 꾹 다물고 있다. 상대방의 눈을 들여다볼 땐 거짓이 탄로 나고, 생각지도 않았던 말실수를 할 수도 있다. 고향을 떠나 떠돌았던 2년여 동안 내 몸에 쌓인 경계심은 쉽게 허물어지지 않는다.

"나 봐 봐, 승규야."

노랑머리는 종이컵을 책상에 놓고 무릎에 얹힌 내 두 손을 덥석 잡는다.
"승규야, 우리 같이 잘 지내 보자. 친구를 사귀면 덜 심심하고 너한테도 도움이 될 거야."
숫제 코맹맹이 소리다.
"너무 귀찮게 안 할게. 여기 우리 애들도 말을 졸라 안 들어요. 내가 일일이 전화하고 잔소리하고 찾아가야 겨우겨우 기어 나온다니까. 너, 뭐 좋아하니? 특기가 있을 거 아냐. 편하게 얘기 좀 해 봐."
"관심 없습니다. 나도 생각할 일이 많습니다."
노랑머리의 손에서 힘이 빠져나가며 속눈썹이 심하게 깜빡거린다.
"그래? 그럼 할 수 없지 뭐."
노랑머리는 푸우 입바람 소리를 내며 힘이 잔뜩 들었던 어깨를 툭 내린다. 집요하게 들러붙던 것에 비하면 싱겁게 포기하는 눈치다. 나는 자리에서 벌떡 일어선다.
"그럼 더 이상 귀찮게 안 할게. 대신 나한테 필요한 거 있으면 뭐든 부탁해. 여긴 내 구역이거든."
노랑머리가 체육복 상의 주머니에 초코파이를 두 개 찔러 준다. 빼서 도로 책상에 놓는 게 더 어색해 어쩔 수 없이 그냥 나온다.
"복지관에서 후원하는 밴드 동아리도 있어. 드럼이나 기타

같은 거 배울 수 있는데. 심심하면 연습실로 놀러 와."

귀 먹은 사람도 귓구멍이 터질 정도로 터무니없이 큰 소리다. 뒤를 돌아보자 사무실 문고리를 잡고 선 노랑머리가 쌩긋 웃어 보인다. 느닷없이 노랑머리 입에서 터진 '드럼'이라는 소리가 메아리처럼 귀에 뱅뱅 돈다. 밴드부가 있다는 소리를 들었을 땐 아무런 감도 오지 않았는데, 드럼이라니!

쉼터에 있을 때 연주회 관람을 간 적이 있다. 바이올린과 비올라, 피아노라는 악기가 어우러진 공연이었다. 비단결 같은 소리가 듣기는 좋았지만 한없이 졸렸다. 내가 저런 악기를 만질 수 있거나 연주할 수 있다는 생각은 눈곱만치도 들지 않았다. 고급스런 드레스를 입고 우아하게 앉아 그림처럼 연주를 하던 사람들은 우리와 달랐다. 내가 닿을 수 없는 별세계의 사람들이 별난 것을 가지고 노는구나. 그건 그냥 구경거리에 불과했다.

하지만 텔레비전에서 드럼 치는 장면을 처음 보았을 때는 나도 모르게 손이 움직이고 있었다. 소학교 때 소고를 때리거나 북을 칠 때의 느낌이 살아났다. 나도 모르게 엉덩이가 들썩이며 힘이 불끈 솟는 것 같았다.

노랑머리를 만나고 돌아온 뒤 내 머릿속은 종일 뒤죽박죽이다. 이럴 때 누나가 내 옆에 있었다면 이렇게 말했을 거다.

"우리 승규, 잘해 보라. 누나가 박수 쳐 줄 테니까."

뭐든 잘되라고 나를 응원해 주던 누나였다. 목소리까지 생생하게 살아난 누나 얼굴이 잿불처럼 꺼지고 나자 나는 그만 맥이 탁 풀려 버린다. 사실, 노랑머리가 처음 나한테 말을 걸었을 때부터 누나가 떠올라서 혼란스러웠더랬다. 노랑머리의 짙은 눈썹 화장이나 염색 머리에는 눈살이 찌푸려졌지만, 누나와 체격도 비슷하고 웃을 때나 인상을 쓸 때 눈썹 밑에 박힌 쥐똥만 한 점이 움직이는 것도 닮았다.

누나는 항상 눈 밑의 점을 못마땅해했다. 틈만 나면 거울을 들여다보며 손톱으로 갉작갉작 후벼 팠다. 어떤 땐 후벼 판 자리에 피가 나서 점이 떨어져 나간 것 같다고 좋아했는데, 상처가 아물면 다시 점이 살아났다.

"어째서 점을 없애? 그게 누나 증푠데."

한번은 거울을 앞에 놓고 눈 밑의 점을 빤히 들여다보고 있는 누나한테 물었다.

"눈물 점이야. 눈물 받아먹으면서 크는 점이 뭐이 좋갔어."

누나는 울상을 지으며 말했다.

점이 눈물을 받아먹으면서 크거나 말거나 그게 바로 누나 눈이었다. 긴 생머리를 뒤로 묶어 넘긴 누나가 쌩긋 웃을 때면 반달에 가까운 눈이 초승달이 되면서 눈 밑의 점도 같이 움직였다. 누나가 웃으면 점도 웃는 것 같고, 누나가 찡그리거나 화를 내면 점도 성난 것처럼 보였다.

나는 노랑머리가 찔러준 초코파이를 까서 입에 욱여넣고 우물우물 씹는다.

진드기! 어째 낮도깨비 같은 사무원까지 어지러운 내 머릿속에 들러붙어 안 떨어지는지 모르겠다. 나는 입안에 가득 든 것을 꿀꺽 삼킨다. 목이 꽉 멘다.

"어째 안 하던 짓을 하네. 들어가서 할 일 하라."

출근하는 어머니를 철없는 강아지처럼 쭐레쭐레 따라 나오기는 처음이다. 뜨개바늘 구멍이 엉성한 스웨터를 입고 어깨를 웅크리고 앉아 있는 어머니는 작아 보인다. 무거운 등짐을 지고 총알같이 빠른 걸음으로 산굽이를 돌던 대장부 같은 어머니가 아니다. 이곳에 정착한 뒤 어머니는 점점 더 작아지는 것 같다.

나는 딴청을 부리듯 전광판을 올려다본다. 어머니가 타고 갈 버스는 9분 뒤에 도착한다는 알림판 글자가 흘러간다.

걸어서 어머니가 일하는 식당까지 가 본 적이 있다. 한번 시험해 보고 싶었다. 밤거리를 자유롭게, 내 마음대로 활보할 수 있는지. 무작정 아무 곳으로나 걸어 다녀도 잡아가거나 뭐라고 말하는 사람이 없는지. 버스를 타도 맨 뒷자리에 몸을 웅크리고 앉던 나는 그날은 버스가 다니는 길을 따라 걷기 시작했다. 밤새 걷는 것도 자신 있고, 걷다가 길을 잃으면 갔던 길 그대로 되짚어 돌아올 자신도 있었다. 밤길은 낮에 보았던 길과 달랐다. 어지럽게 얽힌 간판 불빛들이 도깨비처럼 정신을 홀라당 뒤집어 놓았다. 눈을 부릅뜨고 걸었다. 집에서 어머니가 일하는 가게까지 가는 버스가 지나가면 버스 꽁무니를 따라 뛰기 시작했다. 내가 뛰든 느릿느릿 걷든 아무도 나를 바라보거나 상관하는 사람이 없었다.

어머니가 일하는 가게는 밤늦은 시간에도 사람들로 북적거렸다. 앞치마를 두른 어머니는 무거운 쟁반을 가슴 높이로 들고 손님 식탁과 주방을 분주하게 오갔다. 식탁을 닦던 어머니가 손등으로 허리를 두드리며 몸을 펼 때 눈이 마주칠까 봐 얼른 피했다.

집으로 돌아올 땐 누나 생각이 간절했다. 누나가 우리와 함께 있었다면 어머니가 저렇게 고생하지 않아도 되고 내가 낯선 밤거리를 헤매지 않았을지도 모른다. 불빛이 없는 어두운 골목 모퉁이를 돌 땐 헛것처럼 눈앞에 두만강변의 갈대밭이 불쑥 나타나기도 했다. 나는 힘껏 달리기 시작했다. 국경 근처의 어둠 속을 헤쳐 가던 밤, 저만치 앞서 길을 찾아 나가던 어머니의 발소리. 숲 덤불 속에서 일어선 그림자에 비명을 지를 때 내 입을 틀어막던 누나의 젖은 손. 나는 누나의 손을 놓지 않으려고 손톱으로 누나의 손바닥을 찌르듯이 잡았다. 그런데 어머니와 내가 그런 누나 손을 놓아 버린 것 같아 마음이 무겁다.

지금 누나도 어쩌면 매일 밤 국경을 넘는 기분일지도 모른다. 이곳에서 어머니와 내가 보내는 하루하루가 아직은 온전히 우리의 것이 아니듯이.

어머니가 가방을 챙겨 들고 집을 나가면 나는 문을 잠그기에 바빴다. 어머니가 밤새 일하는 동안 나는 내 할 일을 하지 않고 빈둥거리며 시간을 보냈다. 쉼터를 나올 때 어머니가 가장 크게 걱정한 것도 공부다. 일반 학교에 들어가거나 대안 학교에 들어가는 방법도 있지만, 나한텐 시간이 더 필요했다. 어째서 그러냐고 어머니가 다그쳤을 때, 나는 쉼터에서 하던 대로 집에서 공부해서 검정고시를 보겠다고 했다.

쉼터에서 같이 지낸 아이들은 대부분 검정고시를 준비했다. 머리에 먹물이 많이 들었다는 똑똑한 아이도 이쪽의 교과 공부는 힘들어했다. "백지에다 새로 쓰는 거라고 생각하고 시작하는 거다." 쉼터에 봉사를 와서 아이들을 가르쳤던 선생님은 늘 그 점을 강조했다. 그동안 내가 고향에서 학교를 다니며 배웠던 것들은 별로 쓸모가 없었다.

완률이는 나이를 낮춰 일반 고등학교에 입학했다. 쉼터에서 제일 머리에 먹물이 많이 들었다는, 똑똑한 애였다. 줄무늬가 들어간 셔츠에 넥타이를 매고 재킷을 입으면 정장을 한 어른처럼 시샘이 날 정도로 그럴싸했다. 완률이가 학교에서 돌아오면 쉼터 아이들은 그를 빙 둘러싸고 이것저것 물어 대기 바빴다. 완률이도 쉼터 식구들에게 학교에서 있었던 일을 늘어놓았다.

완률이는 공부는 재미있어서 그럭저럭 따라갈 수 있는데 친구를 사귀는 게 가장 힘들다고 했다. 아이들이 하는 대화를 알아들을 수 없으니 낄 수도 없고, 누가 자기에게 다가와 말을 걸 때도 실수를 할까 봐 진땀이 난다고 했다. 처음엔 잘 대해 주던 애들도 호기심이 사라지자 차츰 멀어지더라고 했다. 완률이는 그럴수록 책만 붙들고 열심히 공부했다. 모르는 것이 나오면 쉼터 선생님에게 열심히 물어 댔다. 쉼터 선생님은 모르는 걸 혼자 끙끙대지 말고 친구에게 먼저 말을 걸고 다가가라고 했지만 완률이는 그게 쉬운 일이 아니라고 했다. 자기를 좋아하는지, 싫어하는지도 모르는데 무턱대고 말을 걸 수가 없다고 했다.

의욕을 가지고 학교에 다니기 시작했을 때와 달리 완률이의 표정은 갈수록 어두워졌다. 학교에서 무슨 일이 있었냐고 물으면 피곤하다며 대답조차 안 할 때도 있었다. 쉼터 아이들은 누군가 완률이를 계획적으로 따돌리거나 못살게 군다고 생각했다. 아니면 학생들보다 더 꼴통인 선생이 완률이를 일으켜 세워 이상한 질문을 하거나 '남과 북'을 대놓고 비교하며 완률이의 자존심을 건드렸을 수도 있었다. 한번은 완률이가 밥을 먹다 말고 불쑥 물었다.

"니네들은 여기 왜 왔니?"

그 소리에 수저질 소리가 멈췄다. 나는 멍한 표정으로 완률이를 쳐다보았다. 분위기와는 상관없이 다시 밥을 먹기 시작한 아이도 있었다. 한참 만에 완률이가 픽 웃으며 말했다.

"딱 까놓고 나는 아무 생각 없이 왔어. 긴데 왜 왔느냐고 물으면 뭐라고 대답하네. 살려고 왔다 기러지."

나는 입속에 든 밥을 삼키지도 못하고, 눈이 빨갛게 변한 완률이를 빤히 쳐다보기만 했다.

그날 이후 한동안 학교를 잘 다니는 것 같던 완률이는 교복을 벗어 버렸다. 학교는 맞지 않는 것 같다고 했다. 쉼터 선생님은 학교가 최선의 선택은 아니라고 완률이를 위로했지만, 우리가 할 수 있는 최선의 다른 선택은 그리 많지 않았다.

세상 밖으로 한 발짝 걸어 나간다는 거, 나한텐 여전히 어렵다. 나는 말없이 앉아 있는 어머니를 힐끔 쳐다본다. 괜히 어머니에게 미안한 마음이 든다. 어머니는 막 버스에서 내리는 학생들을 보고 있다. 교복을 입은 한 무리의 아이들이 왁자지껄하며 어머니와 내가 앉은 벤치 앞을 스치듯 지나간다.

"저 아이들처럼 살아야 하는데."

어머니가 한숨을 내쉬며 중얼거린다.

걱정하지 마시라요. 제 일은 제가 알아서 합니다.

헛말이라도 어머니에게 힘이 되는 말을 해 주고 싶은데 목울대만 간지럽다. 그동안 고생하는 어머니에게 고맙다는 말 한마디 하지 못했다. 마음은 있지만 표현해 본 적이 없어서 어머니에게 살갑게 구는 게 어색하다. 나는 버스 꽁무니에서 뿜어져 나온 매연에 캑캑거리며 입속에 뱅뱅 도는 말을 꿀꺽 삼킨다. 맥없이 중얼거리는 어머니의 머릿속은 누나 생각으로 꽉 차 있을 것이다. 어머니는 누나만 무사히 우리 곁으로 온다면 나머지 일은 저절로 잘될 거라고 믿고 있다. 어머니도 나도 지금 여기서 간절히 바라는 건 그것뿐이다.

 나는 딴청을 부리듯 전광판을 쳐다본다. 어머니가 타고 갈 버스가 곧 도착한다는 알림글이 뜬다. 고개를 젖히고 전광판을 쳐다보던 어머니가 자리에서 벌떡 일어난다. 아직 버스가 보이지 않는데도 어머니는 달리기 경주에라도 나선 사람처럼 가방을 꽉 거머쥔다. 다른 버스 두 대가 먼저 섰다가 빠지고 나자 저만치 어머니가 타야 할 버스가 달려오는 게 보인다.

 "여기선 신호등 불 하나에 인생이 바뀔 수도 있다 기래. 신호등에 막혀서 버스를 한 대 놓치면 하려던 일이 실패로 돌아갈 수도 있으니까니."

 언젠가 어머니가 한 말이 떠오른다. 어머니는 길거리에 서서 신호등이 바뀌길 기다리며, 버스를 기다리며 어느새 이곳 사람들의 생활 방식을 몸으로 깨닫고 있었다. 그땐 어머니가 하는 말을 무심히 흘려들었지만, 버스를 바라보며 잔뜩 긴장하고 있는 어머니를 보자 무슨 뜻으로 그런 말을 했는지 알

것 같다. 어머니도 타야 할 버스를 놓치지 않기 위해서 애쓰고 있는데 너도 그렇게 시간을 낭비만 하고 있으면 되겠느냐는 말일 거다. 아니면 여기는 우리가 살던 북쪽의 고향 동네와는 다르다는 얘기거나, 언제 어떤 일로 잡혀갈지 몰라 주위를 살피며 몸을 숨겨야 했던 중국과도 다르다는 말일 것이다.

　버스가 우리 앞을 지나쳐 저만치 가서 서자 어머니가 버스를 향해 뛰기 시작한다. 정류장에 있던 몇몇 사람들도 우르르 뛴다. 나도 빠른 걸음으로 어머니를 따라간다.

　"야가 어째 이러네. 날래 들어가라."

　어머니가 경황없이 서둘며 심하게 출렁거리는 억양으로 내게 소리친다. 사람들이 어머니와 나를 힐끔거린다. 그 순간에도 우리를 바라보는 사람들의 눈을 의식하자 얼굴이 붉게 달아오른다. 어머니가 버스 문간에 올라서며 해쓱한 얼굴로 나를 돌아본다. 나는 뒷걸음으로 물러나 까치발을 하고 빈자리가 있나 버스 안을 살핀다. 다행히 자리는 몇 개 비어 있다. 어머니가 자리를 찾아 뒤쪽으로 가는 걸 보며 나는 인도로 올라선다. 버스는 문이 닫히자마자 뒤로 밀리는 것처럼 쿨렁 몸체를 한 번 흔들더니 그대로 앞으로 쌩 달려 나간다.

　어머니가 돌아올 내일 아침까지 이제부터 나는 혼자다. 언제나 그렇듯이 머릿속이 텅 비었다가 생각이 다시 고여 들기 시작하는 시간이기도 하다. 내 속엔 이쪽과 저쪽의 경계에 심어 놓은 시간들이 뒤죽박죽 쌓여 있다. 내가 까먹은 두 살만큼의 시간을 아직은 아무도 모르는 주머니 속에 꼭 쥐고 있다. 어디다 버릴 수도 없고, 그렇다고 다시 꺼내 놓을 수도 없는 시간. 그건 강을 건너고 또 다른 국경을 넘어 이곳에 오기까지, 그만큼의 낮과 밤이 응축된 시간이기도 하다. 그러니 이제는 잃어버린 시간을 벌충하기 위해 한 걸음씩 앞으로 나가야 하는데, 혼자가 되면 다시 길을 잃는 기분이다.

버스 정류장엔 이내 다른 버스가 들어와 선다. 차에서 내리는 사람들은 대부분이 교복 차림의 학생들이다. 이 시간에 밖에 나온 게 잘못이다. 하긴 이제껏 한 번도 어머니를 배웅하지 않은 까닭도 학생들이 많이 보이는 시간에 밖에 나오는 게 불편해서다. 교복, 저 제복이 은근히 사람 기를 누른다. 더구나 무리 지어 있을 때, 교복은 나를 주눅 들게 하기에 충분하다. 내가 저 아이들과 완전히 다르다는 걸 내 눈으로 확인하는 일이니까.

그런데 또, 재수 옴 붙었다.

버스에서 내리는 저 녀석, 어디서 본 듯한 얼굴이다. 녀석은 먼저 내린 곱슬머리 남학생의 등짝을 짚고 차에서 펄떡 뛰듯이 내려서며 주위를 힐끔거린다. 녀석의 교복 상의에 달린 이름표가 내 눈에 딱 찍힌다.

김상휘.

일전에 피시방에서 만났던 녀석의 이름을 나는 똑똑히 기억하고 있다. 이름표가 아니었다면 녀석을 알아보지 못했을

지도 모른다. 희멀끔하게 생긴 녀석의 얼굴을 오늘 똑똑히 새겼다. 초딩이냐고 사람을 깔보고 말 같지도 않은 수작으로 내 성질을 돋웠던 녀석이다.

녀석은 곱슬머리의 엉덩이를 망아지 걷어차듯 툭 차더니 펄쩍 뛰어 곱슬머리의 어깨에 몸을 싣는다. 하마터면 바닥에 고꾸라질 뻔한 곱슬머리가 휘청거리는 몸을 바로잡자 녀석은 곱슬머리의 한쪽 어깨에 긴 팔을 척 두른다. 가방을 등 뒤에 매단 녀석은 어기적어기적 걷는다. 엉덩이를 뒤로 쑥 뺀 걸음걸이가 숫제 오리 궁둥이다. 녀석은 나를 봤을 텐데도 알아보지 못하는 건지 장난질에 정신이 빠져 있어서 그런지 내 앞을 그냥 지나간다. 나는 순간 걸음을 늦추며 내 몰골을 훑어본다. 대충 손으로 빗고 나온 머리칼은 안 봐도 심하게 엉켜 있을 거다. 걸치고 나온 잠바는 똥색. 후원 단체에서 어머니가 얻어 온 옷이다. 집에서 아무렇게나 걸치고 있긴 편하지만 외출복을 하기엔 좀 달리는 옷이다. 바지는 어떻고. 무릎이 튀어나온 체육복 바지다.

녀석들은 상가 앞을 지나 우리 아파트 입구로 들어선다.

녀석도 이 아파트에 사나?

갑자기 머릿속이 복잡해진다. 녀석들은 아파트 마당을 가로질러 복지관 쪽으로 간다. 설마 했는데, 내 짐작이 틀리지 않은 모양이다. 피시방에서의 일이 되살아나며 속에서 열이 서서히 오른다. 녀석들은 서로 앞서거니 뒤서거니 가방으로 등을 사정없이 후려치며 낄낄거린다. 노는 꼴 하고는, 번잡스럽기 이를 데 없는 녀석들이다. 녀석들은 까불거리며 복지관 건물 안으로 사라진다. 작정하고 맞닥뜨린 것도 아닌데 괜히 허탈해져서 긴장했던 몸에 맥이 탁 풀린다. 원수는 외나무다리에서 만난다던데, 언젠가 또 만날 날이 있겠지.

노랑머리가 마음에 걸린다. 집 밖으로 나갈 때마다 주위를 두리번거리긴 했지만, 이제는 노랑머리가 아니라 내가 노랑머리를 좇는 형국이다. 나하고는 상관없는 곳이라 생각했던 복지관 건물이 제일 먼저 눈에 들어오는 것도 다 노랑머리 때문이다. 또 방심하고 있는 사이에 불쑥 노랑머리가 내 앞을 가로막거나 뒤에서 "승규!" 하고 부를 것만 같아서다.

그런데 참 이상하다. 마음먹고 노랑머리를 좇고 있는데 눈에 안 띈다. 슬쩍 복지관 후문 쪽을 기웃거려 본다. 그늘진 후문 쪽은 얼쩡거리는 사람 하나 없다. 고개를 쑥 빼고 건물 안을 들여다본다. 사무실 앞 복도는 조용하다. 누군가 뒤에서 슬금슬금 다가오는 것 같아 돌아봤더니 경비원 아저씨다. 하필이면 호루라기 아저씨. 두 명의 경비 아저씨 중에 이 아저씨만 목에 호루라기를 걸고 있다. 툭하면 아파트 마당에서도 호루라기를 삑삑 불어 대서 사람 신경을 긁는다. 긴 쇠집게와 비닐봉지를 든 아저씨는 나를 짯짯한 눈으로 훑어본다.

"이런 데 숨어서 담배 피우지 마라. 대갈빡에 피도 안 마른 녀석이."

가스탱크 철책 사이에 꼭꼭 박힌 담배꽁초를 집어내며 잔소리다. 담배는 아직 입에 대 보지도 않았는데 나를 이런 데 숨어서 몰래 담배나 피우는 애로 몰다니.

"여기 붙어 있는 경고문 보이지?"

뚱한 얼굴로 쳐다보는 내게 쇠집게로 '위험물 화기 엄금'이라고 쓰인 표지판을 가리킨다.

"담배 안 피웁니다."

나는 불퉁거리며 후문 앞을 빠져나온다. 쯧쯧, 내 뒤통수에 대고 혀 차는 소리가 들린다.

내가 노랑머리한테 세뇌된 건가? 눈에 안 보이니 편하긴 한데 궁금하다. 간사한 게 사람 마음이라고 했다. 그 말이 무슨 뜻인지 이제야 제대로 알 것 같다. 옆에 따라붙으면서 귀찮게 할 땐 제발 좀 사라졌으면 했는데, 내가 싫다고 해도 끝까지 따라붙으면 마음이 동할 수도 있는데 싶어 섭섭한 마음까지 든다. 어쨌거나 이곳에서 나한테 관심을 보이고 내 존재를 알아본 사람은 노랑머리가 처음이니까.

상가 슈퍼마켓으로 들어가는 후문 옆에는 한 무리의 휠체어들이 모여 있다. 다리 한 짝을 휠체어 위에 척 걸쳐 놓고 뻑뻑 담배를 피우며 술잔을 돌리는 그들은 이미 얼굴이 불콰하다. 누런 똥색 소파에는 술병과 종이컵, 과자 봉지들이 널려 있다. 혹시나 하고 살펴봤는데, 복씨 아저씨는 안 보인다.

나는 슈퍼마켓 뒷문 쪽으로 느릿느릿 걸어간다. 상가는 늘 지저분하다. 고장 난 회전문은 여전히 돌지 않는다. 커다란 기둥 옆에 쇠사슬로 묶어 놓은 헌옷 수거함엔 내 주먹만 한 자물쇠가 걸려 있다. 이곳에선 입을 만한 멀쩡한 옷들도 헌옷 수거함에 내다 버린다. 헌옷 수거함을 관리하는 아저씨가 자물쇠를 따는 걸 본 적이 있는데 리어카 한가득 옷이 쏟아져 나왔다. 어머니가 얻어 오는 옷들도 헌옷 수거함에서 나온 걸까? 어머니는 옷이나 화장품, 가방까지도 죄다 자선단체나 교회에서 얻어 온다. 우리 집 살림살이들도 대부분은 그렇게 해서 들어온 거다.

"쓸 만한 걸 얻어다 쓰는 건 부끄러운 기 아니야."

근검절약이 몸에 밴 노랑이 어머니 입에서 그런 말이 나오는 건 하나도 이상할 게 없다. 어머니는 지갑에서 돈을 꺼낼 때마다 손이 떨린다고 했다. 누나가 무사히 우리 곁으로 오려면 얼마의 돈이 들지 모른다고 어머니는 늘 걱정이다.

나는 상가 슈퍼마켓에서 다섯 개가 들어 있는 라면 한 뭉치를 샀다. 검은 비닐봉지에 담은 라면을 들고 쭐레쭐레 걸어오는데 "승규!" 하고 나를 부르는 목소리가 들린다. 얼떨결에 앞

뒤를 훑어본다. 버스 정류장 쪽에서 커다란 박스 두 개를 안은 노랑머리가 걸어오고 있다. 얼굴은 박스에 가려 보이지 않지만, 날카롭게 올라가는 게 노랑머리 목소리다. 박스 위로 삐죽 솟은 노란 머리카락이 바람에 풀풀 날리는 것만 봐도 알겠다.

그럼 그렇지. 그런데 이게 좋은 징조인지, 나쁜 징조인지 모르겠다. 슈퍼마켓에 들어가기 전까지만 하더라도 내가 일부러 노랑머리를 찾아 이리저리 두리번거렸는데 막상 노랑머리가 딱 나타나 내 이름을 부르자 느닷없이 뒤통수를 맞은 것처럼 얼떨떨하다.

"좀 도와줘. 나 팔 빠지겠다."

내 앞으로 가까이 온 노랑머리가 무릎을 살짝 굽혀 키를 낮춘다. 나는 포개진 두 개의 상자 중에 위의 것을 든다. 부피만 컸지 별로 무겁진 않다.

"고마워. 진짜 별거 아니라고 생각했는데 한참 걸었더니 죽겠네. 그거 들고 나 좀 따라와."

노랑머리가 성큼성큼 복지관 후문 쪽으로 걸어간다. 좀 전에 경비원과 마주쳤던 가스탱크 앞쪽 벽면에 조그만 철문이 하나 달려 있다. 노랑머리는 그 문의 손잡이를 당긴다. 한 번도 열리는 걸 본 적이 없는 문이어서 의아했다. 침침한 계단을 밟고 내려간 노랑머리는 철문을 열 때처럼 가슴에 올린 박스를 벽에 붙이고 한 손으로 문을 열면서 소리친다.

"곽 선생님!"

노랑머리 뒤를 따라 계단을 내려가던 나는 움찔 놀란다. 안에 사람이 있는 모양이다.

"여기 있으면서 어쩜 나와 보지도 않아요. 웅크리고만 있지 말고 좀 움직이셔야죠."

통탕거리며 안으로 들어간 노랑머리가 곽 선생이란 사람에게 마구 퍼붓는 소리가 들린다.

"아 참, 승규! 일루 들어와."

나는 박스를 옆으로 비껴든 채 서 있다가 겨우 안으로 들어선다. 땅굴처럼 깊은 지하에서 끼쳐 오는 냉기에 코끝이 시큰하다. 박스를 탁자에 내려놓자 네모반듯한 공간이 한눈에 들어온다.

얼떨떨한 내 눈을 사로잡은 건 어수선하게 놓인 악기들 한가운데 떡하니 버티고 있는 드럼이다. 드럼을 내 눈으로 직접 보는 건 처음이다. 벽에 기대 서 있는 게 기타라는 건 알겠고, 피아노 건반 같은 악기는 정확히 이름을 잘 모르겠다. 여러 가지 악기들이 전선줄과 뒤엉켜 어지럽게 널려 있는 가운데 드럼이 가장 넓게 자리를 차지하고 있다. 양쪽에 심벌즈 같은 은빛 날개를 펼치고 서 있는 드럼. 한눈에 봐도 제일 폼 나게 생겼다.

북이 대체 몇 개야? 눈으로 드럼에 딸린 북을 세고 있는데 노랑머리가 묻는다.

"어때? 이런 덴 처음 들어와 보지?"

당연하지. 구경하는 것도 처음이다. 도둑놈 소굴 같아 보이는 음산한 이곳이 노랑머리가 말한 밴드부 연습실인 모양이다. 나는 노랑머리 말에 슬쩍 눈을 내리깐다.

내 눈앞에 코끝이 뭉툭한 검은 신발이 보인다. 곽 선생이라는 남자의 발이 내 앞에 있다. 나는 낯선 사람을 만날 땐 더욱 눈을 맞추는 게 어렵다. 얼핏 본 거지만, 야구 모자 챙이 코끝에 닿도록 푹 눌러쓴 남자는 뭉툭한 신발처럼 단단한 체구였다.

"아 참, 승규야, 인사해. 여긴 우리 복지관에 자원봉사 오시는 곽 선생님. 밴드부 지도하고 계셔. 만능 재주꾼이기도 하고."

나는 천천히 고개를 든다. 곽밥*같이 네모나게 각진 턱에, 힘깨나 쓸 것처럼 덩치도 좋다. 그가 나를 짧게 쳐다본다. 눈빛이 날카롭다.

"저번에 뭘 좀 같이 했으면 좋겠다고 말한 개가 얩니까?"

"네. 근데 통 흥미를 못 느끼네요."

두 사람은 나를 옆에 세워 두고 제멋대로들 지껄인다. 곽밥은 의자를 끌어당겨 앉으며 노랑머리에게 턱짓을 한다.

"그건 뭡니까?"

"찢어진 데 막아야 한다면서요."

---

* '도시락'의 북한어.

"에이, 귀찮게."

"이거면 충분할 거예요. 방음재가 도화지 몇 장 사는 건 줄 알아요? 물품비 청구하는 것도 되게 까다로워요."

"알았어요. 나중에 내가 알아서 할 겁니다. 뭐 다른 건 없어요?"

"다른 거 뭐요? 고맙다는 말도 없이."

더 이상은 내가 할 일이 없을 것 같다. 이때가 적당하다 싶어 슬그머니 돌아서는데 노랑머리가 잡는다.

"가려고? 날 구해 줬는데 그냥 보낼 순 없지. 라면 끓여 먹으려고 그랬구나. 잘됐다."

그제야 나는 내 왼손 팔목에 덜렁덜렁 달려 있는 검은 비닐봉지를 의식한다. 노랑머리는 내려놓은 박스를 뒤지더니 은박지에 돌돌 만 것을 꺼내 놓는다. 김밥이 세 줄에 나무젓가락까지 딸려 나온다.

"너도 같이 먹자. 부족할 것 같아서 한 줄 더 사 왔더니 딱 맞네."

"뭐 이런 걸……."

곽밥은 아까와는 달리 노랑머리에게 눈을 찡끗거린다.

노랑머리는 나무젓가락을 집어 비닐 껍질을 벗기고 붙은 걸 뚝 떼서 내게 내민다.

"또 안 받는다. 나 이번에도 팔 떨어져."

이번엔 노랑머리가 내게 눈을 찡긋거린다.

모양새가 썩 좋지는 않지만 과히 기분은 나쁘지 않다. 먹을 걸 앞에 두고 잘 가라, 하고 나를 내보냈다면 정말 화가 났을지도 모른다. 김밥이 먹고 싶어서가 아니라 음식을 가지고 차별하는 게 제일 기분 나쁜 일이니까.

나는 어물쩍 나무젓가락을 받아 쥔다. 곽밥은 그새 김밥 두 개를 한꺼번에 입에 넣고 우물거린다. 입속에 든 김밥이 이쪽저쪽으로 몰리며 곽밥의 볼따구니가 불뚝거린다. 나도 김밥 하나를 집어 입에 넣는다. 김밥을 천천히 씹으면서 다시 한번 공간을 훑어본다. 사방 벽이 올록볼록 튀어나온 검은색이다. 벽면의 구석 자리엔 검은 마감재가 군데군데 떨어져 나가 희끗하다. 창문 아래쪽은 아예 쭉 찢겨져 나갔다. 누군가 일부러 그랬다기보다는 오래되어서 저절로 떨어진 것 같다.

악기들 말고는 따로 볼만한 건 없다. 창문과 바짝 잇대어 컴퓨터가 놓인 자그마한 책상이 하나 있고, 김밥을 올려놓고 먹는 탁자는 다리가 고장 났는지 곽밥이 팔꿈치로 누르자 삐거덕거린다. 김밥 하나가 들어가자 두 개, 세 개가 금세 내 입속에서 사라진다. 사실은 김밥 먹는 거 말고 내가 여기 있을 이유가 없어 열심히 먹는 거다. 그런데 김밥, 아무리 먹어도 달다. 라면 다음으로 내가 좋아하는 음식이다. 노랑머리는 겨우 김밥 하나를 입에 넣고 우물거린다.

"요새 밴드부는 어때요?"

"선생이 먼저 와서 졸고 있잖습니까."

"그러니까 곽 선생님도 애들한테 개별로 전화도 좀 돌리고 그래요. 학기 초라 애들한테만 맡겨 놓으면 아무도 안 온다구요. 이러다 밴드부 아주 없어지겠어요."

"없어져도 상관없고."

"무슨 말씀을 그렇게 섭하게 하세요. 그래도 한때 잘나간 건 밴드부밖에 없는데."

"그럼 강살 바꾸시든가."

"에이, 또 삐딱하게 나오신다. 자원 봉사하는 선생님들 중에 선생님처럼 센 분은 없거든요."

노랑머리가 곽밥 턱 밑에 얼굴을 들이밀며 웃는다. 내가 본 여자 중에 노랑머리만큼 괴팍하고 질긴 여자는 처음인데. 노랑머리는 자기 자신을 몰라도 너무 모르는 것 같다.

김밥 한 줄을 먹는 데는 채 3분도 걸리지 않는다. 아무리 천천히, 눈치를 봐 가면서 먹어도 말이다. 곽밥은 자기 몫의 김밥을 다 해치우고 더럽게 나무젓가락을 쪽쪽 빨다가 노랑머리가 남긴 꽁다리 두 쪽을 마저 해치우고 나를 향해 턱을 쳐들고 묻는다.

"넌 악기 같은 거엔 관심 없냐?"

"어머, 그래, 잘됐다. 승규, 너 밴드부 해라."

나 대신 노랑머리가 장단 맞춰 팔짝 뛴다.

"얜 좀 특별한 애예요, 곽 선생님. 검정고시 준비하고 있거든요. 여기 이사 온 지 아직 얼마 되지도 않았구요. 그렇지?"

노랑머리가 나를 보고 묻는다.

"……."

"친구가 있어야 승규한테도 좋은데 친구라는 게 강제로 만들어지지 않잖아요. 승규도 활동을 해야 애들과 어울릴 수 있는데, 생각보다 고집이 좀 세더라고요. 그러니까 선생님이 이 기회에 승규 잘 좀 봐주세요."

순간 내 얼굴이 확 달아오른다. 난 헐렁한 친구 같은 거 필요 없다. 남의 마음도 모르면서 나불대긴.

"뭐에 관심 있는데?"

노랑머리 말은 무시하고 곽밥이 다그치듯 내게 다시 묻는다. 내가 관심을 가지고 있는 게 뭔지, 그런 중요한 일을 김밥 한 줄 달랑 먹어 치우듯이 대답할 수 있나.

"검정고시 준비하는 게 부끄럽냐? 그래서 쫄고 있는 거냐?"

곽밥도 노랑머리처럼 대뜸 반말로 시작해서 반말로 쭉 나간다. 나보다야 나이가 많겠지만, 처음 얼굴 보는 건데.

"바쁩니다."

우물거리는 내 대답에 곽밥이 어이없다는 듯 헛웃음을 짓는다.

"나도 바빠 인마. 나 이래 봬도 중학교, 고등학교 두 군데나 방과 후 밴드부 지도하거든. 그것 말고 나도 내 세계가 있어. 음악도가 검정고시생보다 할랑한 줄 아냐?"

"아, 또 왜 이러실까. 생색은 좀 그만 내고요오. 승규, 팀으로 받아들일지 말 건지나 얘기해요."
 숫제 코맹맹이 소리로 노랑머리가 조른다.
 "자기가 하겠다고 덤벼들어 졸라도 모자랄 판에 노 선생님이 우긴다고 돼요? 노 선생님은 밴드부가 어중이떠중이들 모아 놓은 동네 야구팬 줄 알아요?"
 "말씀이 좀 심하시다. 복지관 밴드부는 우리 아파트에 사는 청소년이면 누구나 자격 돼요. 하나부터 차곡차곡 제대로 가르치면 되잖아요. 우리가 뭐 텔레비전 오디션 프로그램에 도전할 팀도 아니잖아요. 처음부터 밴드부 만든 취지는 선생님도 알잖아요. 악기 배우면서……."
 "아, 노 선생님 오늘 유난히 부연이 기네. 당사자가 바쁘다잖아요."
 이건 내가 불 지른 게 아니다. 괜히 나를 가운데 두고 둘이서 싸움이 붙은 거다. 졸지에 중간에 낀 나만 탁구공 신세가 됐다. 이럴 땐 슬그머니 빠져 주는 게 제격이다. 손목에 걸고 있던 비닐봉지를 다잡고 출입구 쪽으로 돌아서는데, 노랑머리의 총알 같은 한마디가 날아온다.
 "승규야, 내가 책임질게. 너 밴드부에 들어와라."
 갑자기 출입구가 안 보인다. 올록볼록 튀어나온 벽과 문이 똑같아 순간적으로 착각했던 거다.
 뚜벅뚜벅 계단을 오른다. 안에서 무슨 난리가 나는지는 내 알 바 아니다. 시멘트 계단을 밟고 올라가는 내 발소리만 좁은 양쪽 벽을 때리며 메아리처럼 울린다.

쿵쾅 쿵쾅 쿵쾅.

이건 심장이 뛰는 소린지, 내 머릿속에서 폭발이 일어나는 소린지 분간이 안 된다.

밴드부 연습실에서 본 악기들이 눈앞에 둥둥 떠다닌다. 기껏 밴드부실에 한 번 들어갔다 나왔을 뿐인데, 통닭이나 만두, 짜장면이 눈앞에 날아다닐 때처럼 마음을 어지럽힌다.

너저분한 바닥에 대충 세워 놓은 악기들. 그 한가운데 자리를 차지하고 있던 게 드럼이었다. 고개가 푹 꺾인 채 매달려 있던 은빛 날개 같은 악기가 양쪽에 하나씩, 크기가 다른 빨간 테두리의 북이 하나, 둘, 셋, 네 개에다 큰 북이 하나. 만져 보지도 않았는데 통통 탁, 통통 탁, 그것들이 스스로 소리를 내는 것처럼 내 심장을 친다. 그 공간 안에 다른 악기들도 여러 개 있었지만, 내 머릿속을 점령한 건 드럼뿐이다. 작렬하는 드럼 소리를 상상하는 것만으로도 몸이 근지럽다. 느닷없이 찔끔 오줌이 흐를 것만 같다. 북채를 잡아 본 적도 없는데.

텔레비전 리모컨을 들고 이리저리 방송 채널을 훑었지만 드럼 치는 장면은 보이지 않는다. 무심코 시간 죽이기로 텔레비전을 보고 있을 땐 잘도 띄더니, 개똥도 약에 쓰려면 없다고, 정작 찾을 땐 보이지 않는다.

쉼터에서 다 같이 모여 다과를 먹을 때 텔레비전에서 드럼 치는 장면을 보고는 난장판이 된 적이 있었다. 앉은 자리에서 퉁퉁 탁, 퉁퉁 탁, 입으로 소리를 내 가며 각자 들고 있던 빈 음료수 페트병을 치기 시작했는데, 그것이 하나의 놀이로 번져 쉼터 지붕이 들썩거릴 정도로 시끄러웠다. 누구라 할 것 없이 두드리고 일어나 뛰면서 난리를 치는 바람에 선생님에게 야단을 맞고서야 놀이가 끝났다. 자칫 심해지면 싸움이 일어날까 선생님이 두려워한 때문이다.

하지만 나는 그때 내 안에 웅크리고 있던 낯선 감정들이 터져 나오는 걸 느꼈다. 시원하고 후련했다. 나를 옥죄고 있던 까닭 모를 두려움을 단번에 날려 버린 듯 통쾌한 감정은 처음이었다. 소고나 북채를 잡고 두드려 댔던 감각과는 다른 감각이 내 안에 그렇게 깊이 숨어 있는 줄은 몰랐다. 단지 힘들게 국경을 넘으면서 생사의 기로에 섰던 두려움이 깨진 것뿐이 아니라 이전엔 내가 한 번도 느껴 보지 못한 달뜬 해방감이었다.

나는 몸이 근질거려 수없이 침대에서 일어났다 앉았다 좁은 방 안에서 요동질을 쳤다. 그러다 좀이 쑤셔 더 이상 버틸 수 없게 되었을 때 다트판을 보고 똑바로 섰다. 과녁을 향해 화살을 날리면서 중얼거린다.

"할 수 있어, 뭐이든지."

화살은 다트판 정중앙에 정확하게 꽂힌다. 노랑머리가 밴드부 어쩌고 소리를 지를 때, 애써 무시했던 건 나도 모르게 그쪽으로 조금씩 끌려가고 있었기 때문이다. 사실, 노랑머리가 생각지도 않을 때 불쑥 튀어나와 승규, 하고 부를 때 싫지 않았다. 스스럼없이 아무 곳에서나 나를 그렇게 씩씩하게 불러준 사람은 없었다. 내가 무엇을 해야 할지 모를 때, 언제든 도움이 필요할 때면 부르라던 노랑머리 목소리가 불쑥불쑥 튀어나오는 것도 솔직히 며칠 됐다.

"까짓것 못할 게 뭐 있어. 기냥 하면 되는 거지. 내가 하고 싶어서 하갔다는데."

다시 화살 하나를 날린다. 이번에도 화살은 먼저 들어가 박힌 화살 옆에 나란히 박힌다.

그런데 한다고 뭐가 달라지나?

연거푸 세 개의 화살을 던지고 났을 때 불쑥 이런 생각이 튀어 오른다.

민우 형이 카세트를 들고 쉼터 옥상에 올라가 춤을 출 때도 그랬다. 춤을 춘다고 뭐가 달라지나? 하지만 형의 꿈에 찬물을 끼얹고 싶지 않았다. 하고 싶다고 해서 다 이루어지지 않는다는 것쯤, 열아홉 내 깜냥으로도 어느 정도는 알고 있는 거다.

민우 형은 쉼터에서조차 별종으로 통했다. 춤 말고는 다른 것엔 관심이 없었다. 텔레비전을 볼 때도 비보이나 아이돌 그룹이 나오면 그 자리에서 발딱 일어나 다른 사람은 생각지도 않고 춤을 추어 댔다. 별난 형의 돌출 행동에 대놓고 "미친 놈."이라고 지껄이는 애들도 있었다. 웃음을 섞어 농으로 던지는 말 같았지만, 속으로는 정말로 민우 형이 미쳤다고 생각하는 눈치였다.

그래도 민우 형은 상관하지 않았다. 남들이야 자기를 보고 웃든 말든 민우 형은 자신이 춤으로 뭔가를 이룰 수 있다고 굳게 믿고 있었다. 민우 형이 편의점에서 아르바이트를 한다고 속이고 노래방에서 일한 것도 춤을 추기 위해서라고 했다. 형의 옷에선 담배 냄새가 심하게 풍겼다. 어떤 날은 술을 마시고 들어오기도 했다. 술을 마시고 몰래 들어오는 형을 위해 문을 따 주는 건 방을 같이 쓰는 나였다.

"거짓말이 들통 나면 일 생긴단 말입니다."

나는 형이 걱정스러웠다. 거짓말을 하는 건 공동생활의 규칙을 어기는 거였다.

"가만 안 두면 어쩌네? 쫓아내면 나가는 거지. 기깐 거 무서워서 사나이가 무슨 일을 하네."

술이 취하면 억양이 심하게 꼬이는 민우 형은 푸푸 술 냄새를 풍기며 될 대로 되라고 소리를 지르기도 했다. 그럴 때는 형의 터무니없는 배짱과 깡이 부러웠다. 하긴 그런 배짱과 깡이 형을 살게 하는 힘이었다. 혼자 떠돌다 이곳에 당도하기까지 형을 살아 있게 한 건 바로 그 깡과 배짱일 테니까.

"야, 도대체 꿈이란 게 뭐이네. 좋아하는 걸 하는 기야."

누구는 버스 운전기사가 되겠다고 하고, 전동차를 운전하는 엔지니어가 되겠다고 하고, 학교 선생님이 되어서 아이들을 가르치겠다는 꿈을 꾸는데 내 꿈은 왜 웃음거리가 되는 거냐고 형은 억지를 부리듯 핑핑 콧방귀를 뀌기도 했다.

그리고 쉼터를 떠나기 전에 민우 형은 춤을 추던 옥상에서 나에게 물었다.

"넌 뭘 하고 싶네?"

형은 내 눈을 깊이 들여다보았다. 나는 아무 대답도 하지 못했다. 그 순간의 내 머릿속은 밀가루 반죽처럼 뭉쳐진 그냥 한 덩어리일 뿐이었다. 아직 눈과 코와 입이 생겨나지 않아 형상도 없는. 이곳에 와서 내가 보고 듣고 느끼는 것들이 온전히 내 것이 아니듯이, 내 생각도 내 것이 아닌 것 같았다.

"나는 춤으로 새로 태어나고 싶다. 아무것도 생각하고 싶지 않아."

그건 형 자신에게 하는 말 같았다.

"여기서 춤을 추기 전에는 나는 아무것도 아니었어. 기냥 밥만 먹으면서 허송세월하는 식충이였지. 그런데 배부르고 등 따뜻하니까 나한테 자꾸 묻게 되는 기야. 너 여기 왜 왔네? 완률이가 묻던 거 수없이 나한테 물었던 기야. 배가 고파서 배

불리 먹고 살려고 왔네?"
 형은 마치 연극을 하는 배우처럼 과도하게 고개를 흔들었다. 젖은 머리칼에서 땀방울이 뚝뚝 떨어졌다.
 "너는 내가 아무렇게나 생각도 없이 춤만 추는 거 같지? 이거 생존경쟁이야. 춤을 추면서 더 확실히 느끼게 된 기야. 그래서 나한테 묻고 또 묻는 거지. 춤을 왜 추느냐고."
 이번엔 내가 형의 눈을 깊이 들여다봤다. 형의 눈 속엔 이마에서 흘러내린 땀방울이 스친 것인지 물기가 고여 있었다.
 "내가 춤추면서 느꼈던 것들을 너도 앞으로 겪게 될 기야. 우린 여기서 나고 자란 사람들과는 다르니까. 그런데 눈치 보지 말고 해. 니가 하고 싶은 게 있다면, 그게 옳다고 믿는다면 뭐든 열심히 하는 기야. 너도 알잖네. 여기까지 오기 위해서 우리가 얼마나 고생을 했는지."
 나는 형의 말을 다 이해하지 못했다. 앞으로 내가 살아가야 할 이곳이 어떤 곳인지 나는 아무것도 아는 게 없으니까.
 맥을 놓고 앉아 있던 형이 내 등을 툭 치며 일어섰다. 그러고는 춤 동작을 잡기 위해 옥상 한가운데 우뚝 서서 내게 말했다.
 "너무 겁먹지 마. 닥치면 하게 돼 있어. 자신감을 가져!"
 형은 절대로 패배하지 않을 것처럼 단단해 보였다. 그런 형의 격렬한 춤이 내겐 더 두렵게 느껴졌다. 꺽다리라는 별명이 붙은 형의 기다란 몸 어디에 그런 집념과 고집이 붙어 있을까. 춤을 향한 집념 하나로 외로움이, 슬픔이, 두려움이 다 가실까.

민우 형의 꿈은 정말 이루어질까?

나는 네 개째의 화살을 힘껏 던진다. 딱, 소리와 함께 다트판에 꽂힌 화살 꽁무니가 바르르 떨린다. 화살 꽁무니에 달린 깃털이 떨리는 것처럼 내 손끝도 떨리고 있다.

내가 정말 할 수 있을까?

다섯 개, 여섯 개, 일곱 개……. 손에 쥔 화살들을 연이어 다트판을 향해 던진다.

다트판에 꽂힌 열 개의 화살들을 모두 뽑아내자 얽은 자국처럼 화살 구멍들이 촘촘하게 나 있다. 꼭 어지러운 생각들이 파먹은 내 머릿속 같다. 나는 약간 비뚤어진 다트판을 바로 세워 놓고 침대에 벌러덩 드러눕는다. 곽밥이 한 번만 더 권하면 못 이기는 척, 하고 싶다고 대답했을걸. 일없이 바쁘다고 둘러댄 걸 생각하면 내 머리를 쥐어박고 싶다. 그런데 이제 와서 사내 자존심에 손바닥 뒤집듯 뒤집을 수도 없고…….

"너 지금 뭐 하네? 정신 차리라."

나는 괜스레 못난 내가 미워서 주먹으로 머리통을 콱 쥐어박는다.

별 효과 없이 손만 아프다. 이럴 땐 영락없이 철딱서니 없는 열일곱 살, 철부지 같다.

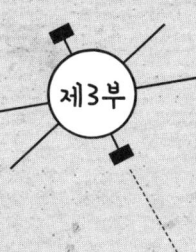

제3부

드럼과 한판!

이제 내 눈에 들어오는 사람은 노랑머리만이 아니다.

야구 모자를 푹 눌러쓴 덩치깨나 큰 밴드부 선생, 곽밥. 그가 휘적휘적 걸어오고 있다. 아이들은 학교에서 공부하고 있을 시간, 어머니가 깊은 잠에서 아직 깨어나지 않은 오후. 아파트 앞 상가도 조용하다. 바람만 심하게 분다. 비라도 뿌릴 모양인지 하늘은 잔뜩 흐리다. 찻길을 건너와서 썰렁한 상가 앞을 가로질러 가는데 하필이면 버스 정류장에서 걸어오는 곽밥과 딱 마주친 거다.

곽밥은 왼쪽 어깨에 악기를 담은 길쭉한 가죽 가방을 메고 있다. 갑자기 코앞에서 돌아서면 이상할 것 같아서 슬그머니 옆을 지나치는데, 곽밥의 목소리가 날아온다.

"넌 사람을 보고도 인사도 안 하냐?"

아뿔싸! 모자 속에서 눈을 세모꼴로 뜨고 나를 보고 있었던 모양이다.
"혼자서 하는 공부는 잘되냐?"
곽밥이 돌아서서 걸음을 멈추고 묻는다. 인사를 하라고 해서 고개를 꾸벅 숙였는데, 어느새 곽밥의 코끝이 내 머리 앞에 있다.
"시간 없냐?"
"그건 왜 묻습니까?"
"바쁘다니까 묻는 거지."
일전에 밴드부실에서 나를 탁구공 삼아 노랑머리와 벌이던 설전을 지금 여기 서서 나하고 계속하자는 건가?
"노 선생님이 너 챙기라고 하잖아, 인마."
노랑머리와 곽밥은 나를 기어코 어떻게 해 보겠다는 모양이다.
지금 나는 길 건너 아파트 상가에 있는 컴퓨터 수리점에 다녀오는 길이다. 고장 난 채 한 달이나 내버려 뒀던 컴퓨터를 고치겠다고 물어봤더니 들고 오라고 했다. 출장을 부르면 출장비가 붙는다고 했다. 부팅이 된 상태에서 모니터 화면이 움직이지 않고 마우스도 먹지 않는다고 하자, 포맷을 시키면 별문제가 없을 거라고 했다. 부팅이며, 모니터, 마우스 같은 컴퓨터 용어를 내 입으로 말하는 것도 쉽지 않은데 포맷이라는 새로운 단어는 알아듣기가 힘들었다. 바로 코앞에 있는 가겐

데 요깟 거리에 출장비가 붙는다니. 순 날도둑처럼 남의 돈을 거저먹자는 심산이다.

"출장비가 왜 그렇게 비쌉니까?"

나는 컴퓨터를 내려놓고 가게를 나오기 전에 물었다.

"포맷하는 데 두 시간 넘게 걸리잖아. 그럼 가게 문을 닫고 가야 하는데, 그새 손님이 왔다가 돌아갈 수도 있지. 그리고 어디나 출장비 명목은 다 붙는 거야."

수리점 청년도 아니나 다를까, 곽밥처럼 나한텐 반말이었다. 그런데 수리점의 기생오라비같이 생긴 청년의 반말은 '인마'까지 붙인 곽밥의 반말과는 질이 조금 달랐다. 어쨌든 나는 돈을 내고 물건 수리를 받는 엄연한 손님이니까 함부로 반말할 처지는 아니지 않은가.

본의 아니게 나는 곽밥을 따라 밴드부실로 들어갔다. 정말이지, 곽밥이 강압적으로 나를 이끈 건 아니다. 저번에 노랑머리가 무거운 짐을 핑계로 나를 일부러 밴드부실로 끌어들인 게 아닌가 하는 생각이 뒤늦게야 머리를 치고 지나갔다.

하지만 곽밥은 이번에도 따라오려면 오고, 말려면 말고 하는 귀찮은 투로 "시간 있으면 좀 들어와 봐." 하고 말했다. 바쁘다는 핑계를 댈 짬도 없이 무뚝뚝하게 돌아서는 그를 잠깐 노려보았다. 그의 배짱이 싫지는 않았다. 이번에 그의 청을 거절한다면 나한텐 기회가 없을지도 모른다는 불안감도 따랐다. 청바지 오금 자리가 가로로 여러 겹 쭉 찢어져 너덜거리는 그의 뒷모습을 보니 떡 벌어진 어깨가 더 각져 보였다. 지금 나는 그를 따라 밴드부실로 내려가는 지하 계단을 한 칸씩 밟고 있다.

바람 소리마저 절단된 지하 공간은 우묵하다. 곽밥이 형광등 스위치를 올리자 한층 깊어 보이는 연습실 공간이 내 얼굴을 훅 치듯이 달려든다.

나를 불러들여 놓고 곽밥은 책상 앞에 앉아 컴퓨터를 켠다. 느릿느릿, 뭐 하나 바쁠 것 없다는 태도로. 그는 뒤따라 들어온 나를 잊은 듯하다. 나는 멀뚱히 서서 내 머릿속을 떠나지 않던 드럼을 홀린 듯 바라본다.

"뭐 하고 싶냐?"

내 쪽은 쳐다보지도 않은 채 곽밥이 책상 앞에서 묻는다. 이 공간 안에 있는 악기들 중에서 뭘 배우고 싶은지 묻는 말인 듯하다. 그는 내 대답을 기다리며 컴퓨터 화면에 눈을 고정한 채 천천히 턱을 쓸어내린다.

"간 보고 있냐?"

곽밥이 턱을 쳐들고 어물쩍 서 있는 나를 보며 묻는다.

남한살이 아직 1년밖에 안 된 나도 이 정도의 속어는 몇 개쯤 알고 있다. 이쪽 사람이 다 된 것 같은 민우 형에 비하면 어림도 없지만. '간 보고 있냐'는 말은 민우 형이 잘 쓰던 말이기도 하다. 이것도 저것도 결정을 못하고 내가 어물쩍거릴 때마다 형이 나한테 툭툭 던지던 말.

"드럼 치고 싶습니다."

나는 더듬거리며 겨우 대답한다. 간도 볼 만큼 봤고, 다트판에 화살을 던져 가며 생각하고 또 생각한 말이다. 곽밥이 나를 힐끔 쳐다본다. 오, 제법인데? 하는 눈빛이 역력하다. 그의 꼿꼿한 눈빛과 딱 마주치는 순간, 저 입에서 무슨 말이 나올까 가슴이 벌렁거린다.

"음악 좀 알아?"

"예?"

"드럼을 치고 싶다니까 뭘 좀 아느냐고."

"……."

"다른 악기는 뭐 만져 봤어? 피아노는 쳐 봤어?"

피아노는 그냥 보기만 했다. 만져 보지는 못하고. 피아노도 그렇지만 기타니 드럼이니 하는 악기들은 고향에서는 구경도 못해 봤다.

"검정고시 준비한다고 했지? 공부는 좀 돼?"

엉뚱한 데로 튄다. 도무지 곽밥의 속을 모르겠다.

"뭐든 열심히 하려는 자세가 중요해. 해도 안 되는 것들투성이긴 하지만."

곽밥은 혼잣말처럼 중얼거리더니 드럼 앞에 가서 앉는다. 그는 막대기 두 개를 양손에 쥐더니 야구 모자를 푹 눌러쓴 채 곧바로 드럼을 두드리기 시작한다. 나한테 겁을 주려고 그러는 건지, 혼자 아이들을 기다리며 속상한 심사를 풀려는 건지 하여튼 소리 한번 크고 요란하다. 마치 내 심장에다 대고 북채를 두드리는 듯 심장이 입으로 튀어나올 것처럼 벌렁거린다.

나는 숨을 죽인 채 저절로 벌어지려는 입을 단속하려고 입술을 꽉 문다. 그는 내 표정 따윈 관심도 않고 연주에 몰입해 있다. 나는 자리에 앉지도 못하고 곽밥과 얘기를 나누던 자세 그대로 붙박인 듯 서 있다.

쿵쿵칙칙 쿵쿵쿵쿵

쿵칙딱칙 두두두두

쿵칙딱칙 쿵쿵칙칙

팡! 팡!

두두두두

팡! 팡!

곽밥이 돌연 연주를 멈춘다. 2분 남짓한 짧은 연주였지만, 드럼 소리는 생각했던 것보다 훨씬 더 역동적이고 전율적이다. 밖으로 튀어나오려던 내 심장은 아직도 몸 안에서 춤을 추듯 벌떡거린다. 연주가 멈춘 뒤에도 이명처럼 귓속엔 소리가 남아서 부르르 떨린다.

"아무한테나 보여 주는 거 아니야. 너한테 잘난 척하려고 그러는 것도 아니고."

눈 가린 모자챙이나 좀 올리고 말씀하시지.

"간만에 몸 좀 풀었더니 이거 영 시원찮네."

곽밥은 의자를 내 앞으로 당겨 와 코앞에 바싹 대고 앉으며 중얼거린다.

"여길 찾아오는 녀석들은 딱 두 부류야. 밴드 하면 폼 나겠지 하고 겉멋만 들어서 오는 놈들. 그런 애들은 금방 사라져. 왜냐, 폼만 잡으려고 하는 애들은 조금만 귀찮거나 어려워지면 금방 싫증을 내거든. 내가 진짜 싫어하는 게 그거야. 폼만 잡으려면 아예 시작 안 하는 게 좋아. 개폼은 다른 데 가서 잡으라고 해. 진짜 밴드가 하고 싶어서 찾아오는 녀석들이 있지. 그런데 여긴 그런 녀석들 없어. 그러니 맨날 이 모양 이 꼴이지. 넌 어느 쪽인 것 같으냐?"

"……"

말을 못 알아들어서가 아니라 너무 성급하게 치고 들어오는 바람에 나는 어리둥절 입을 떼지 못한다. 도대체 나보고 어쩌라는 거지? 그런데 일단 반말은 넘어가 준다. 앞으로 내 사부가 될지도 모르는 사람이니까. 나보다 나이가 훨씬 많기도 하고.

곽밥은 내 머릿속에 든 생각 따위는 궁금하지도 않나 보다. 그는 대답 없이 서 있는 나를 무시하고, 앉은 채로 바퀴 달린 의자를 쭉 끌고 컴퓨터가 놓인 책상으로 가서 종이 한 장과 볼펜을 들고 온다.

"너, 음악 기초는 좀 있냐?"

"없습니다."

콩나물 대가리가 그려진 악보를 구경한 지가 언젠지 까마득하다. 내가 학교에 다녔던 시절은 너무도 먼 옛날 일처럼 내 기억 저 밑바닥에 가라앉아 있으니까. 그래도 쉼터에서 여러 명의 선생님들을 만났다. 그들이 어떻게든 공부를 해야 한다며 들이대듯 내놓은 건 국어나 영어, 수학 같은, 보기만 해도 어지러운 책들뿐이었다.

"햐, 배포 하나는 크네. 도레미파솔 건반 하나도 짚을 줄 모르면서 대뜸 드럼부터 배우시겠다고?"

곽밥은 모자를 벗어 삐죽삐죽 솟아 있는 머리카락을 손가락으로 훑어 넘기고 다시 모자를 뒤집어쓴다.

"승규라고 그랬지? 그래, 까짓것 좋다. 드럼 치는 데 건반까지 짚을 줄 알아야 되는 건 아니지. 너는 드럼이 뭐라고 생각하냐?"

도레미파솔 건반도 짚을 줄 모르는 놈이라면서, 아무것도 모르는 나한테 그런 걸 물어보면 내가 어떻게 대답하나.

"왜 하고 싶은데?"

곽밥이 입술을 실룩거리며 묻는다.

나는 여전히 묵묵부답. 도무지 무슨 말을 해야 할지 모르겠다.

"좋아."

곽밥이 종이를 탁자에 내려놓는다. 흑백으로 인쇄된 드럼과 짤막짤막한 악보가 그려진 종이다. 말없이 그가 드럼이 인쇄

된 여백에다 동그라미 하나를 그린다.

"이건 몇 분 음표야?"

"……."

"따 아 아 안."

네 박자, 사분음표는 알고 있다.

"그리고 이건? ……완전 백지에 그림 그리는 수준이군!"

곽밥이 막대기가 달린 동그라미 두 개를 그리며 중얼거린다.

"따 안 따 안. 이분음표, 두 박자짜리야."

네 박자, 두 박자, 한 박자, 반 박자, 반의 반 박자……. 동그라미에 막대기가 달리고 막대기 달린 동그라미가 검게 변해 콩나물 꼬리가 달리고, 콩나물 꼬리 하나가 두 개가 되어 새끼에 새끼를 치고 내려간다.

따 아 아 안

따 안 따 안

딴 딴 딴 딴

따다 따다 따다 따다

따가다가 따가다가 따가다가 따가다가.

그 자리에서 10분쯤 손바닥을 치면서 박자를 연습했다. 곽밥, 성질 꽤 급하다. 사람을 후리는 솜씨가 보통이 아니다. 마음의 준비를 할 시간은 줘야지. 열이 서서히 뻗치면서 피가 머리 위로 점점 솟구쳐 올랐다. 열일곱 살 수준이면 이 정도는 따라 하고도 남는다. 그래서 열심히 따라 했다.

곽밥은 오선지 빈칸에 도레미파솔라시, 음을 소리 내어 읽어 가며 하나씩 그린다. 그가 나를 힐끔힐끔 쳐다볼 때마다 나도 모르게 눈썹이 파르르 떨린다.

"이게 기본음 자리야."

"예."

그 정도는 나도 읽을 수 있다. 내 입에서 처음으로 고분고분한 대답이 나온다.

"종이 들고 이쪽으로 따라와."

곽밥이 다시 드럼 앞에 앉는다.

드럼 구성을 설명할 때부터 머릿속이 복잡하게 얼크러지기 시작한다. 여긴 온통 영어로 된 말뿐이다. 상점 이름도 음식 이름도 알아먹을 수 없는데, 악기 이름도 마찬가지다.

"받아 적어."

드럼이 인쇄된 종이에다 곽밥이 말한 베이스 드럼, 스네어 드럼, 탐1, 2, 3, 크래시 심벌, 하이햇을 한글로 또박또박 적어 넣는다. 받아 적으면서도 무슨 말인지 하나도 이해할 수 없다. 도무지 이걸 소화할 수 있을 것 같지 않다. 떨린다. 하지만, 내가 떨고 있다는 걸 들키고 싶지는 않다.

"집에 컴퓨터 있지? 인터넷 되지?"

우리 집 컴퓨터는 좀 전에 수리점에 맡겼다. 포맷 작업을 끝내려면 두 시간이 걸린다고 했다. 지금 나가서 수리점에 들러 컴퓨터를 찾아 집으로 돌아가야 한다. 그런데 그게 제대로 작동이 될지 안 될지는 연결해 봐야 알 일이다.

"인터넷에 들어가서 찾아보면 드럼 연주하는 동영상 떠다니는 것들도 많이 있어. 그것들 찾아서 좀 봐. 악보 기초 공부 하는 것도 있고. 요즘이 어떤 세상이냐? 컴퓨터 안에 이 지구에서 일어나는 일들이 모두 들어 있어."

곽밥이 열을 낸다. 그만한 건 알아서 하겠지? 하는 눈빛이다. 컴퓨터 안에 세상이 다 들어 있다는 교육은 컴퓨터 기초 교육 시간에도 배웠다. 배우는 것하고, 실제로 사용하는 것에 차이가 있어서 그렇지. 쉼터에도 컴퓨터 자격증을 따느라고 공부하는 애들이 있었지만, 나는 그게 나한테 절실하게 필요하리라곤 생각해 보지 않았다. 그러니 곽밥이 열을 내서 설명을 해도 멍할 수밖에. 내가 드럼을 너무 쉽게 생각했나? 무엇 하나 이리저리 얽히지 않은 게 없다.

"이런 개인 교습은 백만 불짜리야. 운 좋은 줄 알라고."

그건 동감이다.

밴드부실을 나올 때까지 아무도 오지 않았다. 노랑머리는 코빼기도 못 봤다.

"너, 중국에서 살다 왔다며?"

인사하고 나올 때 곽밥이 등 뒤에서 소리쳤다.

네. 중국에서 떠돌다 왔습니다. 그런데 그게 뭐요? 드럼 배우는 데 출신 성분도 밝혀야 합니까?

나는 길 건너 컴퓨터 수리점으로 향한다. 그나저나 돈 들인 만큼 컴퓨터가 제대로 작동이 돼야 하는데……. 머릿속에서 쥐가 날 것 같다.

"오, 승규! 드럼 시작했다며?"

노랑머리가 한쪽 손을 번쩍 치켜들어 내게 내밀었다. 뭐 하자는 건지 몰라 나는 멀뚱하게 있었다.

곽밥은 자신이 한 일을 노랑머리한테 다 보고하는 게 틀림없다. 요 며칠 연습실에 들락거리는 동안 노랑머리 얼굴 한 번 못 보고 말 한마디 안 섞었다. 드럼을 시작했다기보다 음표 보고 박자치기 연습만 했는데, 노랑머리는 내가 드럼을 시작했다고 호들갑이다. 아직 드럼 근처엔 얼씬도 못해 봤다. 손바닥과 입으로 박자치기하면서 이제 겨우 리듬을 탈 뿐이다.

"잘 빨아들인다던데?"

노랑머리가 엉거주춤 올린 내 손바닥을 짝, 소리가 나게 부딪친다.

그럼 그렇지. 여자가 여자다운 다소곳한 맛도 없이 말까지 과격하다.

오늘 연습실에 내려갔을 때, 곽밥이 베이스 드럼과 스네어 드럼 때리는 법을 가르쳐 줬다. 오른발로 베이스 드럼을 치고 스틱으로 오른손과 왼손을 번갈아 가며 스네어 드럼을 때리는 거다. 손가락 세 개로 스틱 잡는 법과 손목 발목 놀리는 법을 배우고 쿵딱쿵딱, 쿵딱쿵딱만 1시간 때리다 왔다. 드럼 앞에 앉아서 딱 5분 동안 맛을 보여 준 건 곽밥이고 나는 입으로 소리를 내가며 스틱으로 의자를 때렸을 뿐이다. 그리고 많이 두드려 보는 놈이 장땡이라며 곽밥이 선물로 던져 준 스틱 한 벌을 들고 연습실에서 나오는 길이다. 집에 가서 죽어라 베개라도 두드리며 연습해야 할 판이다.

"밴드부 애들하고는 인사 못했지?"

"네. 못 봤습니다."

노랑머리가 호호호, 웃는다. 저 유령 같은 웃음, 도무지 이유를 모르겠다.

"승규, 너 나한테 너무 극존칭이다. 그냥 말 좀 편하게 해."

그렇다고 반말을 할 수는 없지 않나?

"지금 학기 초라 그럴 거야. 내가 애들 닦달하고 있으니까 곧 보게 될 거야. 아무튼 너 때문에 게으름뱅이 곽 선생님이 애쓰시네."

노랑머리는 가슴에 장부 같아 보이는 걸 안고 지하로 내려간다. 저 안에 곽밥밖에 없는데, 남녀 둘이 꽉 막힌 지하실에서 뭘 하자는 거야? 내가 관여할 일은 아니지만 은근히 신경 쓰인다.

정작 궁금한 걸 물어봤어야 했는데 그 순간을 놓쳤다. 언제나 필요하면 '콜'하라던 말을 겨우 이해했는데 말이다. 포맷을 시켜 온 인터넷에서 물어물어 찾아낸 '콜하다'라는 단어를 눈이 빠져라 들여다봤다. 하이파이브 탓이다. 지레 설쳐 대는 통에 번번이 노랑머리 앞에만 서면 멍해진다. 지나가고 나면 아차, 그때는 한발 늦은 거다. 검정고시 학원을 물어봤어야 하는데. 그렇잖아도 곽밥한텐 잔소리깨나 들었다. 인터넷에 들어가 동영상을 찾는 방법, 아직도 서툴기 그지없다. 곽밥은 컴퓨터에 매달려 쓸데없는 게임이나 하지 말고 제대로 쓰라고 했지만, 곽밥 눈엔 흔하게 보일 게 내 눈엔 보이지 않는다. 노랑머리한테 부탁하면 그것도 쉽게 찾을 수 있을지 모르는데……. 노랑머리가 정신 사납게 소리부터 지르는 통에 말할 기회를 놓쳐 버린 거다.

노랑머리가 사라진 곳을 힐끔거리느라 뒷걸음을 치는데 누군가 내 어깨를 툭 친다. 깜짝 놀라 돌아보니 복씨 아저씨다. 볼이 쑥 꺼져 들어간 아저씨 손에는 두부와 콩나물이 삐죽 나온 비닐봉지가 들려 있다. 딱 보니 속풀이할 국 끓일 재료다. 콩나물에 김치 썰어 넣고 김치 국물로 간을 맞추어 끓이는 국은 내가 잘하는 음식이기도 하다.

나는 아저씨와 나란히 걷는다. 어쩐 일인지 오늘은 아저씨가 말짱하다. 술 냄새를 풀풀 풍기면서 갈지자로 비틀거렸으면 모른 척, 아저씨 손을 뿌리치고 냅다 집으로 뛰어갔을 거다. 나는 버릇처럼 주변을 두리번거린다. 나도 이젠 제법 남의 눈치가 보인다. 신경 거슬리게 하는 종자들을 이 아파트 단지 안에 너무 많이 만들어 놓은 탓이다. 노랑머리나 곽밥이 아니더라도 언제 김상휘 그 녀석이 불쑥 튀어나올지 모를 일이다. 모르는 사람이 보면 검정 비닐봉지 들고 나란히 슈퍼마켓에 다녀오는 부잔 줄 알겠다. 그것도 별 볼일 없는 놈팡이 부자 말이다.

남들이 오해할까 봐 잔뜩 어깨가 오그라든 내 시야에 산더미 같은 고물을 싣고 아파트 마당으로 들어오는 손수레가 보인다. 손수레를 끌고 있는 땅딸막한 할머니는 짐에 파묻혀 손수레가 저절로 움직이는 것처럼 보인다. 저 할머니, 우리 아파트에 사는 고물 할머니로 유명하다. 이 근처 아파트와 상가는 물론 꽤 먼 곳까지 쓸 만한 쓰레기가 있는 곳이면 어디든 가는 할머니다. 꼭대기에 얹은 달랑거리는 부대 자루가 굴러떨어질 듯 아슬아슬한데, 아니나 다를까 부대 자루가 퍽 소리를 내며 바닥에 구른다. 나는 반사적으로 몸이 움찔했는데 나보다 먼저 달려간 건 복씨 아저씨다.

아저씨는 비닐봉지를 내게 맡기고 부대 자루를 번쩍 들어 손수레에 올린다. 할머니는 숨을 할딱거리며 아저씨를 지켜보고 있다. 요렇게 자그마한 할머니가 어떻게 짐을 저렇게 높이 쌓아 올렸을까 신기할 정도로 손수레에 쌓인 짐이 높다. 그런데 복씨 아저씨, 오늘 여러 가지로 나를 놀라게 한다. 아저씨가 할머니를 만류하고 대신 손수레를 끈다. 아파트 뒤란의 좁은 길로 돌아 들어간 아저씨는 폐품이 쌓인 곳에다 손수레를 세운다.

"아이고, 애썼네. 사내 손 빌리니 일이 수월하네."

할머니는 스스럼없이 복씨 아저씨를 대한다. 게다가 뒤란에서 나올 땐 술 좀 작작 먹으라고 아저씨에게 소리까지 지른다.

"저 할마이도 함경도 사람이야."

아저씨가 할머니를 돌아보며 씩 웃는다.

아저씨 말에 의하면 할머니는 육이오전쟁 때 고향에서 남쪽으로 피난을 왔다고 한다. 지금부터 60년 전, 복씨 아저씨나 우리 부모님이 태어나기 전이다. 나는 그때 이 지구와는 전혀 상관없는, 은하계를 떠도는 별똥별이었거나 한 톨의 먼지였을지도 모른다. 열여덟 살에 남쪽으로 내려왔다는 할머니는 60년 동안을 가족들과 고향 그림자도 못 보고 살았다는 거다. 함경도가 고향이라는 말 한마디에 복씨 아저씨가 어떤 사람인지 알지도 못하면서 할머니는 무조건 아저씨 손을 잡았다고 한다. 아저씨 이야기를 듣다 보니 기분이 이상해진다. 나와는 아무 상관도 없는 할머니가 왠지 남 같지 않다.

"어딜 가나 사람은 노동을 해야 먹고 살아."

아저씨는 칠이 벗겨진 운동기구 몇 개가 드문드문 있는 의자에 앉아 담배를 꺼내 물며 중얼거린다. 그걸 아는 아저씨가 매일 술에 취해 있다니. 폐지 할머니를 보고 아저씨가 이제야 정신을 차린 모양이다.
"아저씨! 왜 그렇게 맨날 술을 드십니까?"
정신이 말짱한 아저씨를 만나면 꼭 물어보고 싶었는데, 오늘이 바로 그날인 것 같다.
"세상일이 내 맘 같지 않으니까 기렇지. 내가 너 나이만 되면 좌절할 일이 없다."
"저도 좌절할 일 많습니다."
아저씨가 나를 힐끔 쳐다본다.
"옳은 말이다. 흐흐흐."
아저씨가 이상한 소리를 내며 웃는다. 왠지 아저씨 웃음이 공허하게 들린다. 나는 여태껏 아저씨 웃음소릴 들어 본 적이 없다. 언젠가 어머니에게 들은 얘기로는 복씨 아저씨네가 국경을 넘게 된 것도 군대 간 아들 둘을 잃었기 때문이라고 했다. 아저씨가 국경을 넘기로 작정했을 때, 아저씬 이미 고래를 잃어버렸는지도 모른다. 고래를 잃었으니 웃을 일도 없었을 것이다. 갑자기 아저씨가 안됐다는 측은한 생각이 들었지만, 이렇게 정신이 멀쩡한 아저씨를 만났는데 물어보지 않을 수 없다.
"아저씨!"

"와?"

"우리 누나 말입니다. 하루라도 빨리 들어오려면 삼촌이랑 연락을 해야잖갔습네까?"

내 말에 아저씨가 천천히 고개를 끄덕인다.

"긴데 그쪽에선 왜 연락이 안 옵니까?"

"그 사람도 개인 사정이 있갔지. 필요하믄 연락 준다 기랬으끼니 기다려 보자마. 느이 누나 들어올 길을 백방으로 찾고 있으니까니 어찌 되갔지."

아저씨는 담배 연기를 날리며 아득한 눈으로 허공을 바라본다. 어머니도 기다려 보자고 말했다. 어른들끼리만 무슨 꿍꿍이가 오가고 있을지도 모른다.

"너는 여기서 뭘 보네?"

아저씨가 뜬금없이 묻는다. 나는 아저씨를 힐끔 쳐다본다. 허공을 향해 멍하게 비어 있는 아저씨의 눈엔 아무것도 담겨 있지 않다. 지금 눈앞에 뭐가 보이냐고 묻는 건 아닐 텐데……. 새라도 한 마리 알짱거리면 '새'라고 대답하고 싶을 지경이다. 답답한 사람은 담배 연기나 날리는 아저씨가 아니라 나다. 아저씨도 나도 건너편에 첩첩이 이어진 아파트 건물을 보고 있다. 낮은 철책 울타리 너머로 좁은 아파트 뒷길이 있고, 곧바로 아파트들이 빼곡하게 서 있다. 우리가 살고 있는 아파트와는 다르게 밤이면 건물 꼭대기에 무지개 띠 같은 고운 불빛이 들어오는 고급 아파트. 아저씨 눈엔 내가 보는 것 말고 다른 게 보이나?

"사람이 부모를 버리고 형제를 버리면 사람이네, 짐승이네?"

"……."

"너한테 물을 말이 아니지."

혼자 묻고, 혼자 답한 아저씨는 담배꽁초를 바닥에 던지고 자리에서 일어선다. 나도 아저씨를 따라 일어선다. 오늘, 아저씨가 평소와는 달라도 한참 다른 사람으로 보인다. 사람이 달리 보이면 죽는다는 말도 있는데, 설마 그럴 리가. 그러면 목숨 걸고 여기까지 온 보람이 없다. 여기까지 온 게 억울해서라도 죽지는 말아야지.

3동 현관으로 들어서는 아저씨 어깨가 맥없이 축 늘어져 있다. 한 손에 덜렁덜렁 흔들리고 있는 검은 비닐봉지도 생뚱맞게 보인다. 차라리 술을 마시고 헛소리를 할 때가 덜 측은했나? 술 냄새를 풍기며 비틀거리는 아저씨는 한심하긴 했지만 이렇게 내 감정을 건드릴 만큼 측은하진 않았다. 오늘, 정신이 말짱한 복씨 아저씨가 내 기분을 아주 엉망으로 만들어 버린다. 나는 엘리베이터를 기다리며 시커멓게 껌이 눌어붙은 더러운 대리석 바닥을 신발 코로 툭툭 찬다. 1층에 멎은 엘리베이터에서 땡 소리가 나며 문이 열린다. 어쩐지 고래 배 속으로 들어가는 기분이다.

집에 들어서자 김치찌개 끓는 냄새가 코를 찌른다. 가스레인지 앞에 서 있던 어머니가 나를 힐끔 돌아본다. 나는 슬그머니 내 방으로 들어가려고 했다.

"너는 어딜 그렇게 쏘다니느라 집에 붙어 있지 않네?"

그제야 나는 손에 들고 있던 드럼 스틱을 뒤로 슬그머니 감춘다. 잔소리는 하고 있지만, 어머니 얼굴은 나빠 보이지 않는다. 아무리 좋은 일이 있어도 크게 소리를 내어 웃지 않는 어머니는 표정으로만 봐서는 기분을 잘 모르겠다.

"오늘 누나랑 통화 됐다."

방금 전 고래 배 속으로 들어서는 것 같던 우중충한 내 기분이 단박에 밝아진다. 누나 소식만 오면 힘이 펄쩍 솟는 어머니는 그 소식을 내게 빨리 전하고 싶었던 거다.

"그동안 왜 전화 연락도 안 했답니까?"

"긴 얘긴 못했댔어. 안전한 곳에 있대니까, 돈만 잘 들어가믄 서너 달이면 올 수 있지 않갔어? 돈을 좀 부치라는데 그기 걱정이야."

어머니 표정이 금세 어두워진다.

"누구한테 돈을 보내랍네까?"

"아주바이랑 얘길 해 봐야지. 아주바이도 지금 무슨 궁리를 하고 있을 기야."

나는 방금 전에 복씨 아저씨를 만났다는 말은 하지 않는다. 저우판 아저씨 소식을 물었을 때 어물쩍 넘기며 기다려 보자고 하던 아저씨 말이 이 얘기였구나. 그런데 속으론 은근히 부아가 난다. 나를 아주 애 취급을 하고는 아무 말도 해 주지 않은 것이다.

출근하는 어머니 표정이 다른 때와 달리 생기 있어 보인다. 누나와 통화한 것이 오늘 밤 또 고단한 어머니를 살게 하는 힘이 될 것이다.

어머니가 출근하고 나자 나는 읽히지도 않는 책을 꺼내 몇 장 넘기다가 스틱을 들고 침대 위에 자리를 잡는다. 드럼을 배우기 시작하면서부터 침대에 드러누워도 눈앞에 드럼이 둥둥 떠다닌다. 마음 같아선 스틱을 들고 내 맘대로 신 나게 두들겨 보고 싶지만 아직은 꿈도 못 꾼다. 나는 이제 겨우 곽밥이 준 스틱으로 팽팽하게 당겨 놓은 베개를 두드리면서 손목을 푸는 정도다. 이 짓도 반복적으로 미친 듯이 하다 보면 몸에 열이 오른다. 통통 소리가 나는 것만 보면 두드리고 싶어 안달이 나기도 한다. 밥상 앞에 앉으면 젓가락을 스틱 잡듯이 잡고 싶어진다.

따 안 따 안

딴 딴 딴 딴

따다 따다 따다 따다

따가다가 따가다가 따가다가 따가다가.

이건 박자를 셀 때 손뼉을 치며 입으로 내는 소리다.

쿵 딱 칙 딱

쿵 딱 칙 딱

이건 베이스 드럼과 스네어 드럼, 하이햇을 입으로 치는 소리다.

"입으로 소리를 내. 입은 뒀다 얻다 쓸 거냐?"

곽밥이 입을 꾹 다물고 스틱을 때리는 내 옆에 와서 머리통을 쥐어박으며 한 말이다.

"학원 가 봐. 보통은 한 달 동안 스틱으로 방석만 때리게 할 걸. 그래도 모자라. 그만큼 스틱과 네 손이 하나가 되려면 아직 아직 멀었어."

이제 겨우 선생 얼굴 세 번 봤을 뿐인데, 미친 듯이 입으로 소리를 내 가며 드럼 때리는 시늉을 할 때는 내가 드러머의 소질을 타고난 건 아닐까, 착각을 할 정도로 기분이 붕붕 뜬다. 누가 나한테 정신 차리라고 스틱으로 대갈통을 한 대 딱 쳐 줘야만 이 환상이 깨질 것 같다. 그래도 내가 전혀 모르던 새로운 한 가지를 시작했다는 게 배포를 두둑하게 만든다. 사나이 열아홉, 이제부터 시작해도 늦지 않아. 나는 스스로에게 주문을 건다.

 이런 날이 올 줄 알았다. 하필이면 여기가 외나무다리가 될 줄이야.
 드디어 밴드부원들과 만났다. 곽밥이 오라고 한 수요일 오후 다섯 시. 나는 아무 생각 없이 스틱 두 개를 달랑 들고 밴드부실로 들어섰다. 곽밥이 팔짱 끼고 앉아서 나를 기다리던 때와는 완전히 다른 분위기. 나는 물웅덩이 한가운데 둥둥 뜬 오리 새끼가 된 기분이다.
 "저 녀석은 일렉 기타. 꼴에 전자 기타만 고집한다."
 김상휘.
 녀석은 어떨지 모르겠지만, 나는 녀석을 세 번째 본다. 녀석의 얼굴을 보는 순간 전율 같은 긴장감이 내 몸을 쫙 훑어 내린다. 저런 버르장머리 없는 녀석이 밴드부라니. 녀석은 나를 힐끔 쳐다보고는 그만이다.

"저 녀석은 베이스 기타. 상휘 따라 장에 가는 녀석이다."

김상휘와 붙어 있던 곱슬머리 녀석이다. 이름은 이동구. 김상휘보다 키가 작은데 나는 이동구 턱에 닿겠다. 저절로 내 발뒤꿈치가 들린다.

"베이스 기타는 네 줄이다. 그건 알고 있냐?"

이건 곽밥이 나를 쳐다보며 하는 말이다.

"이제 다 왔냐. 들락날락하는 놈들은 뭐야? 키보드는 왜 안 와?"

"몰라요. 걔는 원래 지 맘대로잖아요."

"여기, 새로운 멤버다. 박승규."

곽밥이 턱짓으로 나를 가리킨다.

"샘, 걔 중딩 아니에요? 우린 중딩이랑 안 놀아요."

이동구 말에 시치미를 뚝 떼고 있던 김상휘가 갑자기 엄지손가락을 치켜 올렸다가 아래로 푹 꺾는다. 이동구가 잇몸을 드러내며 히죽 웃는다. 두 녀석이 주고받는 꼴이 가관이다. 그래, 한번 해보자 이거지.

"중딩이냐 너? 열일곱 맞지? 노샘이 데려왔다. 확실해."

곽밥 말에 우우우, 야유가 터진다.

"입들 다물고. 그럼 인사해 봐. 네가 제일 막내니까 깍듯하게."

사람을 뭐로 보고 함부로 막내라나?

"막내 맞잖아. 밴드부 초짜니까."

뚱한 얼굴로 서 있는 내게 곽밥이 소리친다. 곽밥은 사람 속까지 읽는 재주가 있나 보다.

"저 녀석들은 이래 봬도 너보다는 훨씬 일찍 시작한 녀석들이야. 야, 상휘, 넌 얼마나 됐냐?"

"아홉 달요."

"그리고 너는?"

이번엔 베이스 기타를 턱짓으로 가리킨다.

"상휘랑 같잖아요."

"들었냐?"

그런데도 목구멍이 열리지 않는다.

"왜 가만있냐. 막내라서 기분 나쁘냐? 내가 소개해 줄까?"

곽밥은 바쁜 일을 재빨리 해치우듯 줄줄 늘어놓는다.

"여긴, 음악이라곤 도레미파솔밖에 모르는 녀석이 감히 드럼을 치겠단다. 초급5 실력이다. 내가 니네들 없을 때 없는 시간까지 만들어서 연습 좀 시켰다. 막대긴지 스틱인지 인제 겨우 구분할 줄 아는 녀석이다."

"이건 완전 밴드부 역사상 최악이네."

"너무해요!"

"그럼 첨부터 다시 해요?"

이동구와 김상휘가 번갈아 가며 이죽거린다.

"첨부터 다시 하긴. 니들이 뭐 했냐? 한 거 있어? 오십 보백 보지."

"그래도요!"

"그래도는 인마, 섬이야. 미지의 섬!"

녀석들은 그 와중에도 낄낄거린다.

"누군 인마, 날 때 기타 메고 나왔냐? 누군 스틱 양손에 쥐고 나왔어? 중요한 건 열심히 하는 거야. 무단으로 연습에 빠지는 놈들, 키보드 하는 놈이고 뭐고 이젠 안 봐준다. 내가 누누이 강조하지? 잘난 놈보다 열심히 하는 놈이 장땡이라고. 밴드부는 니들 맘대로 들락날락하는 놀이터 아니다아!"

곽밥의 말에 낄낄거리던 두 녀석이 입을 다문다.

아무도 내게 출신은 묻지 않았다. 묻지 않았으니 밝힐 이유도 없다. 나는 분명 거짓말하지 않았다. 이대로 묻어서 넘어가는 게 찝찝하지만 지금은 때가 아니다. 언젠간 내 출신을 밝혀야 할 때가 오겠지. 그리고 길고 짧은 건 대 봐야 안다. 아무려면 내가 내 나잇값도 못할까 봐. 나는 속으로 이를 악문다.

성격 급한 곽밥은 곧바로 손목 푸는 연습에 돌입한다. 곽밥이 뽑아 온 연습용 악보를 받아 쥐고 나는 뚫어지게 종이만 보고 있다.

"이것 보면서 계속 연습해 봐. 저기 올라앉을 생각은 꿈에도 마라!"

새로 준 악보에는 한 마디 안에 '파'와 높은 자리 '도', 짧은 가위표가 네 개 붙어 있다. '파'는 발로 쿵 치는 베이스 드럼.

'도'는 딱 치는 스네어 드럼. 짧은 가위표는 칙, 하이햇. 아래로 내려가면서 변형된 음표가 길게 이어진다. 오른발로 베이스 드럼, 양손에 쥔 스틱으로는 스네어 드럼과 하이햇을 번갈아 때리는 시늉을 하며 입으로는 '쿵칙딱칙' 박자를 맞춰 소리를 낸다. 두 박자짜리 '쿵'과 '딱' 안에 '칙'은 네 번. 입으로는 쿵칙딱칙인데 두세 마디를 못 넘어가 발과 손이 제멋대로 엉긴다. 곽밥은 입으로 내는 소리와 동작을 교정해 주며 쯧쯧, 혀를 찬다. 그사이 전자 기타와 베이스 기타는 자기들 멋대로 삐이용거리고 딩딩디디 소리를 내며 엉켰다 풀어졌다 난리다. 연습 내내 나를 바라보는 녀석들의 눈길을 느꼈지만, 무시했다. 곽밥이 녀석들을 붙들고 일장 연설을 할 때도 나는 내 연습 악보만 열심히 반복 연습했다.

연습 시간 두 시간은 결코 만만한 시간이 아니었다. 녀석들이 먼저 연습실을 나갔다. 뭔가 일어날 것 같았는데 싱겁게 끝나 버린 느낌이랄까. 뒤늦게 연습실을 나서는데 새삼스럽게 긴장으로 숨이 조여 온다. 아니나 다를까, 김상휘와 똘마니 이동구가 가스탱크 철책 앞에서 연습실 입구를 가로막고 있다.

"너, 학교 어디 다니냐?"

김상휘가 껄렁껄렁 다리를 흔들어 대며 묻는다. 나는 녀석을 힐끔 올려다보며 눈에 힘을 준다.

"야, 사람 말이 말 같지 않냐? 어느 학교, 몇 학년이냐고 오?"

김상휘가 내 어깨를 탁 낚아챈다. 앞으로 한 발짝 나갔던 내 몸이 흔들리다 멈춰 선다. 나는 고개를 돌려 녀석을 째려본다. 내가 녀석을 너무 얕봤나?

춘절 연휴에 열다섯 시간이나 기차를 타고 한족 녀석 둘과 천안문 광장에 놀러 간 적이 있었다. 녀석들은 관광객들 뒤를 슬그머니 따라가다가 주머니를 털었다. 한 놈이 사람을 물색해 눈짓을 하면 한 놈이 치고 달아나는 식이었다. 광장은 뻭뻭거리는 호루라기 소리와 뿍뿍대는 악기 소리로 북적거렸다. 사람을 밀치고 달아나는 게 관건이었다. 녀석들은 나를 어수룩하게 보고 일종의 방패막이로 삼으려고 데려간 거였다. 나는 잡히면 끝이었다. 중국 공안들은 나를 감옥에 가둘 것이고, 어머니가 나를 구해 내지 못하면 북으로 송환될 거였다. 웬일로 한족 놈들이 나를 데리고 가 주나, 따라갈 때도 의심이 가긴 했다. 하지만, 농장에서 힘든 일을 하면서 쌓인 정이라 생각했다. 저희들이나 나나 오갈 데가 없어서 남의 농장에서 머슴살이를 하는 처지였으니까.

나는 녀석들의 음모를 눈치채고 조용히 충고했다. 나는 돌아가겠다고. 그러자 한 녀석이 내 정강이를 걷어찼고, 또 한 놈이 내 복부를 걷어찼다. 내가 바닥에 꼬꾸라지자 사람들이 빙 둘러쌌다. 우우우, 와와와, 온갖 소리들이 머릿속을 파고들었다. 나는 두 팔로 머리를 감싸고 녀석들의 분풀이를 견뎌 냈다. 누군가가 내 몸을 일으켜 세웠지만, 뿌리치고 혼자 일어났다. 터진 입술의 피를 닦고 악착같이 두 발로 버티고 서서 녀석들의 얼굴에다 가래침을 뱉어 줬다. 녀석들의 눈이 희번덕거렸다. 나는 두 놈에게 다시 발길질을 당하기 시작했다. 그때 호루라기 소리가 들렸다. 결국 공안들에게 녀석들이 잡혀갈 때, 나는 그 길로 도망쳤다.

나를 깔보지 마라.

나는 김상휘를 노려본다.

"어쭈. 너, 나 알지? 알면서도 모른 척했지?"

이럴 때를 적반하장이라고 하나? 먼저 사과했어야 할 놈이 누군데.

"아는 놈이었어?"

"넌 껴들지 마!"

녀석이 똘마니에게 짜증스럽게 내뱉는다.

"놔!"

나는 녀석의 눈을 똑바로 쳐다보며 목소리를 내리깐다.

"못 놔!"

"놔 주십시오오!"

"너 지금 나 놀리냐?"

"안 놀립니다아."

"이게 콱!"

녀석이 주먹을 말아 쥐고 한 손을 내 머리 위로 치켜든다. 내 손도 반사적으로 올라간다. 여기서 밀리면 완전 끝장이다.

밴드부에 녀석이 남든 내가 남든 둘 중에 하나를 선택해야 할지도 모른다.

천안문 광장에서처럼 입술이 터져도 나는 감당할 수 있다. 차라리 신고식을 치러 버리면 홀가분할지도 모른다. 녀석이 나를 받아들일 수 없다면 나는 더 악착같이 밴드부에 매달릴 것이다. 녀석이 저절로 떨어져 나가도록. 내가 결코 쉽고 만만한 놈이 아니라는 오기가 불쑥 생기던 찰나였는데…….

"자알한다. 니네들 쇼하냐?"

노랑머리가 끼얹은 찬물에 맥없이 눈의 독기를 푼 건 김상휘다. 매가리 하나 없는 새끼!

"상휘! 니가 승규 형이라도 되냐? 같은 고1이란 말야. 근데 왜 걔 어깨는 잡아 눌러?"

"에이 씨. 샘이 뭔데 참견이에요?"

"뭐긴. 여긴 내 구역이니까 그런다."

"아이 씨. 껴들 때 안 껴들 때 구분을 못한다니까."

"너, 지금 나한테 한 말이지?"

"……."

"그냥 놓고 가라아. 힘 겨루기 하고 싶으면 다음에 정정당당하게 곽샘이랑 나랑 초청해 놓고 붙어. 그럼 이기는 사람한테 햄버으그 사 줄게."

"지금 장난하는 거예요?"

"그럼 지금 내가 여기서 성질내겠냐. 네 주먹에 입술이라도 터지면 립스틱 바를 때 어쩌라고."

"아이 씨. 되는 일이 없어요."

김상휘는 내 어깨를 거칠게 놓더니 침을 탁 뱉는다. 똘마니가 녀석의 옆에 붙어 팔을 잡아끈다. 못 이기는 척, 녀석은 똘마니의 손을 뿌리치고 어둠 속으로 휘적휘적 걸어간다. 그 뒤를 똘마니가 쫄쫄 따라간다.

"햄버거가 약하면 통닭 걸게."

사라지는 두 녀석들을 향해 발뒤꿈치까지 들고 노랑머리가 소리친다.

"괜찮니?"

노랑머리가 내 어깨를 잡고 묻는다.

"일없습니다."

나는 거칠게 노랑머리의 손을 뿌리친다.

"너무 맘 쓰지 말고 집에 가. 친해지면 알겠지만 저 녀석 꽤 괜찮은 애야. 근데 사내 녀석들은 신고식을 꼭 이런 식으로 하더라."

노랑머리는 대수롭지 않게 내 어깨를 툭 치고 팔랑거리며 지하 연습실로 내려간다. 저 녀석들이야 그렇다 치고, 아무래도 노랑머리와 곽밥, 보통 사인 아닌 것 같다.

드디어 드럼 앞에 앉았다. 스틱을 쥐고 오른발을 베이스 드럼 발판에 올려놓았을 뿐인데 심장이 쿵쿵거린다. 거울이 없어서 내 얼굴을 보진 못했지만 노랗거나 하얗게 내가 아닌 다른 사람의 얼굴로 변했을 거다. 쫄지 않으려고 어깨를 펴고 이를 악문다.

쿵칙딱칙, 쿵칙딱쿵

칙쿵딱칙, 칙칙딱쿵

쿵칙딱쿵, 쿵딱칙딱.

기본 베스트 변형이 열한 가지, 그중 1번의 변형만 해도 여섯 가지다. 골이 터지고 머리가 빙빙 돌 지경이다. 곽밥은 전자 메트로놈을 내 옆에 두고 눈과 입으로 메트로놈과 박자를 맞추라고 소리를 질러 댄다.

"메트로놈을 칩처럼 머릿속에 콱 박아 놔!"

"어깨 힘 빼고 손목 제대로 풀어!"

"너, 지금 북 치냐? 킥, 킥은 발로 툭툭 차듯이!"

스틱을 잡고 잔뜩 힘을 주었던 어깨는 결리고, 베이스 드럼을 칠 때 킥을 줬던 오른발은 허벅지까지 뻐근하다.

"손목만 까딱거리면 나중에 필인 때릴 때 스틱이 돌아가냐?"

"박자! 박자! 그게 생명이야. 박자를 지켜야 리듬을 타지. 박자가 맞으면 메트로놈 소리는 안 들려. 왜 따로 놀아?"

곽밥은 한마디씩 툭툭 던져 놓고 제풀에 화를 내며 연습실 안팎을 들락거린다. 들어올 때마다 담배 냄새가 묻어 온다.

쿵칙딱칙, 쿵칙딱쿵, 칙쿵딱칙, 칙딱쿵딱.

갈 길은 멀고 가슴은 뜨겁다. 곧이곧대로 한 마디를 반복해 연습할 때는 박자를 지켰다가 변형된 마디로 넘어갈 때는 손이 엉기거나 발이 뜨거나 제멋대로다. 곽밥의 닦달은 심하고 손과 머리와 눈알은 제대로 안 돌아가고, 연습실은 썰렁하고, 팔목 발목은 둔하다. 스틱이 손에서 저절로 빠져나가 바닥에 떨어지고, 베이스 드럼과 하이햇을 밟을 때 오른발 왼발이 제멋대로 논다. 내 머릿속은 곽밥이 드럼을 칠 때 느꼈던 심장이 터질 듯한 감동으로 꽉 차 있는데 내 모습은 내가 생각해도 어설프기만 하다. 그래도 손과 발이, 머리와 눈이 하나로 일치되어 리듬을 찾을 땐 온몸이 은근히 달아오른다. 이런 게 드럼이구나. 스틱 잡고 입으로 박자를 치면서 방석을 두드릴 때와는 다른 느낌. 뭐랄까, 내가 아닌 다른 사람으로 다시 태어난 기분이다.

알고 보니 밴드부엔 정해진 멤버가 없다. 배우려고 하는 청소년이면 받아들인다. 복지관에서 이 구역 아이들에게 베푸는 거니까. 밴드 이름도 없다. 보컬은 있다는데, 여잔지 남잔지, 나는 아직 얼굴 한번 못 봤다. 키보드를 치는 녀석은 지난주에 얼굴만 한 번 내밀고는 그만이다. 드럼을 치던 녀석도 자기 맘대로 들락날락거려서 곽밥이 주의를 좀 심하게 줬더니 때려치웠다고 한다. 그러니 드럼을 치고 싶다는 나를 받아들였겠지.

정해진 연습 시간은 일주일에 한 번, 수요일이다. 그런데 정해진 시간에 배우는 사람이 이 빠지듯 하나씩 빠지거나 곽밥이 일정이 꼬여 얼굴만 비쳤다 갈 때도 있다. 제대로 굴러가지도 않는 연습 시간이지만 나는 어겨 본 적이 없다. 곽밥이 내준 숙제는 이를 악물고 해냈다. 남들이 발휘하지 못하는 근성, 내가 가진 건 그거 하나뿐이다. 죽이 되든 밥이 되든.

"너, 검정고시 준비하냐?"

상휘 똘마니 이동구가 베이스 기타를 둘러메고 팅퉁거리다 묻는다.

어디서 듣긴 들은 모양이다. 보나마나 노랑머리 짓이겠지. 연습실 입구에서 한판 붙을 뻔했던 일이 있고 나서 나한테 말

붙이기는 처음이다. 어쩐 일로 오늘은 녀석 혼자다. 상휘 녀석과 붙어 있어서 잘 몰랐는데, 녀석, 꽤 수줍음을 탄다. 둘이거나 셋이거나 무리를 지어 다니는 놈들은 혼자가 되면 급격히 힘이 떨어진다. 그건 동물의 세계나 사람의 세계나 마찬가지다. 상휘와 똘마니는 같은 실업계 정보 고등학교에 다닌다. 나도 그 정도 정보는 알고 있다. 하긴 나도 노랑머리한테 주워들은 거다. 벌써 연습실에 드나든 게 한 달이 다 돼 가는데 녀석들과는 여전히 물과 기름처럼 야릇하게 겉돌기만 한다.

"검정고시, 그게 뭐 어째서?"

나는 곁눈질로 녀석을 꼬나보며 목소리에 힘을 넣는다. 이래 봬도 나는 니들 같은 열일곱 살 철부지하고는 다르다. 한국에 와서 내 나이를 두 살이나 잃어버리긴 했지만, 그 시간은 니들이 상상할 수 없는 시간이다. 언젠가, 내 주머니 속에 꼭 쥐고 있는 그 시간들이 나를 살게 하는 힘이 될지도 모른다.

"나도 학교 때려치우고 검정고시나 볼까?"

녀석이 헤헤거리며 깐족거린다. 저걸 그냥 한 대 확 치고 싶지만 먼저 시비를 걸고 싶진 않다. 욱하고 올라오는 성질을 가슴속 깊이 꾹 눌러 둔다. 아직은 때가 아니니까.

디웅, 디디웅, 녀석이 기타 줄 하나를 세게 퉁긴다. 베이스 기타의 묵직한 저음이 긴 여운을 남기며 퍼진다. 상체를 약간 뒤로 젖힌 채 턱을 쳐든 녀석은 혼자서 똥폼, 개폼 다 잡고 있다. 검정고시가 밴드 연습하는 것처럼 하고 싶을 땐 하고 하기 싫으면 안 해도 되는 그런 건 줄 아나 보다. 나도 너처럼 그렇게 말할 수 있으면 좋겠지만, 그런 식으로 사람을 놀리면 안 되지. 녀석은 말을 걸어 놓고 내 얼굴 따윈 쳐다보지도 않는다.

그런데, 학교 다니는 평범한 애들이 나는 부럽기도 하다. 아침마다 교복을 번듯하게 차려입고 학교 가던 완률이 모습이 내 눈에 또렷하게 남아 있다. 완률이가 부럽기도 했다. 나는 완률이가 학교에서 끝까지 살아남길 바랐다. 학교라는 세계는 내가 생각하는 것보다 훨씬 더 거대한 집단체인 모양이다. 주는 대로 받아서 익히는 교육은 이쪽이나 저쪽이나 마찬가지인가? 그런 건 견딜 수 있는데, 그 거대한 집단 속에서 혼자가 되는 건 진짜 견디기 어렵다던 완률이의 말이 떠오른다. 동물 우리 안에 갇힌 원숭이 꼴은 되기 싫다는 거다.

우리는 출발선이 다르다. 아무리 이를 악물고 열심히 달려도 똑같아질 수 없다고 완률이는 말했다. 검정고시 공부는 안 그런가? 그래도 다행인 건 혼자서도 할 수 있고, 거대한 집단 속에 들어가지 않아도 가능하다는 것이다. 니들은 어려서 모른다, 내 외로움을. 복씨 아저씨에게 나에게도 좌절이 있다고 말한 건 이런 맥락이다.

"근데 말이야."

녀석, 오늘 나한테 꽤 말 많이 붙인다. 생각보다 궁금한 게 많은가 보다. 나도 녀석한테 궁금한 게 많다. 하지만 내가 먼저 누구에게 궁금한 걸 물어본 적은 별로 없다. 창피당할 게 뻔하고, 내 존재를 밝혀야 할 것 같아 두려워서다.

"뭐?"

나는 짐짓 대범해지려 애쓴다. 애쓸 필요까지는 없는데. 드럼 앞에 앉아 턱을 바싹 당긴다. 자연스럽게 동구의 눈을 피할 수 있다.

"넌 집에서 공부는 안 하고 드럼만 치냐?"

우리 집에 드럼 같은 게 있을 리 없다. 자기도 집에 베이스 기타가 없어서 여기 기어 들어와서 연습하는 주제에 말은 똑바로 해야지. 근데 나는 니들보다 열 배는 더 열심히 연습한다. 학교에 가지 않는다고 할 일이 없는 건 아니다. 지금 나한텐 뭔가에 몰두할 일이 필요하고, 과연 내가 이곳에서 살아남을 수 있나, 나를 시험해 볼 만한 무엇도 필요하다. 그리고 그것보다 더 중요한 건 드럼이 점점 좋아진다는 거다. 아니 생각보다 훨씬 더 좋다. 내가 아무것도 아니라는 생각이 들 때 드럼 앞에 앉으면 우울했던 기분이 확 날아간다. 그런 기분을 지금 여기서, 너한테 어떻게 설명하지?

쿵칙딱칙 쿵칙딱칙 쿵칙딱쿵 쿵칙딱쿵 쿵쿵딱딱 쿵쿵딱딱.

나는 박자를 맞춰 가며 제법 능숙하게 변형 리듬을 타다가 두두두두 톰1, 2, 3을 때리는 필인까지 간다. 어설프긴 하지만 제법 흉내는 낼 수 있다.

"하여튼 꼴값은."

파르르 떨리는 크래시 심벌의 여운이 다 가라앉기도 전에 동구 녀석이 픽, 하고 비웃는 소리가 들린다. 녀석은 보란 듯이 허리를 길게 휘었다가 바로 세우며 디웅 소리가 나게 기타 줄을 퉁긴다. 폼 하나는 그럴듯하다.

연습 시간이 30분쯤 지났을 때, 곽밥이 여학생 한 명을 달고 나타난다. 예고도 없이 사람 놀라게 하는 것도 곽밥 재주다.

"그동안 연습 많이 했냐?"

느닷없이 등장한 여자애가 동구에게 알은체를 한다. 교복 위에 남색 바람막이 잠바를 걸친 여자애는 동구보다 키가 크다.

"많이 했지. 여긴 어쩐 일이셔?"

여자애는 나를 힐끔 보더니 나 같은 건 무시해도 된다는 듯 시선을 거두고 동구에게 쏘아 댄다.

"짜식, 누나라고 하랬지? 재수 없게."

여자애는 잠바 주머니에 손을 찔러 넣은 채 의자를 발로 끌어당겨 퉁 소리가 나게 앉는다. 여기 의자들은 복지관 3층 회의실에서 쓰던 철제 의자들이다. 앉으면 엉덩이가 딱딱하게 배긴다. 앞에 놓인 의자에 두 다리를 떡 올려놓은 여자애는 나를 힐끔거린다. 쿵칙칙칙 드럼은 치고 있지만 그 눈빛, 느낄 수 있다.

"그만하고 잠시 조용히 해 봐."

컴퓨터 앞에 다가앉았던 곽밥이 셋을 집합시킨다.

"전자 기타는 왜 안 보이는 거냐?"
"알바가 아직 안 끝났다는데요."
동구의 볼멘 대답이다.
"걔도 밴드 계속하는 거야?"
여자애가 묻는다.
"너만 안 오고 우린 나왔었어."
"이게, 어디서 너래. 너 까불다 죽는다."
여자애 입이 수세미처럼 거칠다. 뽀야니 예쁘게 생긴 얼굴인데 입술이 뒤집히고 잇몸이 보이니 사납다.
"야, 니네들은 오랜만에 봐도 싸움질부터 하냐. 베이스, 넌 왜 해나한테 자꾸 반말해?"
여자애 이름이 해나인가 보다.
"그러게요. 깝치다 죽을라고."
"아래위로 한 살은 기본이잖아요. 여긴 학교 밖이고 학교도 다르니까."
해나가 주먹을 쥐고 동구의 머리통을 한 대 후려 팬다. 맞고도 좋아서 동구는 히죽히죽 웃는다.
"여기 인사해."
그제야 곽밥이 나한테 턱짓을 한다. 나보고 해나에게 인사를 하라는 건지, 해나에게 나를 가리키는 건지 헷갈린다.
"뭐 해, 인사하라잖아!"
해나가 대뜸 나한테 눈을 부라린다. 뭐 이런 경우가 다 있

나. 보기보다 웃기는 에미나이네.

"박승규입니다."

나는 마지못해 인사한다. 앞으로 이런 일이 얼마나 더 생길지 모르겠지만, 당할 때마다 성질이 돋는 건 어쩔 수 없다.

"너, 중딩이지? 똘똘하고 귀엽긴 한데, 어딘가 모르게 노티 나는 마스크다. 참 묘하네."

해나가 고개를 갸웃거리며 웃는다. 속으로 눌러 앉힌 성질이 다시 슬그머니 고개를 들려고 한다. 사람을 보긴 볼 줄 아는군. 열일곱 살이라고 하면 나이배기라고 어른들도 고개를 갸웃하지만 노티라니. 눈이 영 맹탕은 아닌데, 되게 거슬린다.

"해나 왔으니까 오늘은 구체적으로 얘기 좀 해 보자. 맨날 여기서 뚱땅거리다 세월 다 보낼 순 없잖아. 승규는 드럼 기본은 맞추잖아. 이제 겨우 뒷발 나오고 앞발 나오는 중이다. 헤엄치려면 목표를 두고 해 봐야지."

"얘, 밴드 초짜예요?"

해나가 나를 턱짓으로 가리킨다. 턱짓은 곽밥만으로도 족한데.

"열심히 하는 놈이 장땡이다. 올챙이 면하고 있다고 방금 말했잖아, 인마."

"키보드는요?"

"걘 사정이 있어서 계속하기 힘들단다."

"그럼 키보드는 누가 해요?"

"너는 멀뚱히 서서 노래만 할래? 키보드 만지면서 노래하라고 데려왔잖아."

이야기가 빠르게 흘러간다. 해나는 계속해서 퉁퉁거리고 동구는 왕초에게 하는 문자질이 분명한 것 같은 문자메시지를 틈틈이 보내며 곽밥의 눈치만 살핀다. 초짜인 내 머릿속에도 대충 새롭게 탄생할 밴드부의 모습이 그려진다. 해나가 키보드를 하면서 노래를 한다면 그거 볼만하겠다. 아직 실력은 모르겠지만.

"해나는 키보드 연습부터 다시 시작하고, 베이스, 너는 상휘한테 연락해서 다음부턴 절대로 늦거나 빠지는 일 없도록 해. 그리고 각자 집에 돌아가면 밴드부 이름 뭐로 할 건지 생각해 와. 동구는 상휘한테도 알려 주고. 밴드부 이름 쾅쾅 박고 우리도 연주곡 하나 연습해 보자. 결과물을 내놔야 나도 봉사하는데 폼 날 거 아냐?"

"애개개 이름은 무슨. 끝까지 뭉쳐 본 적도 없는데."

해나는 샐쭉샐쭉 웃으며 야기죽거린다.

어쨌든 나로선 남자들만 있는 것보단 홍일점 하나 있는 거 찬성이다. 선머슴아 같아 보여도 여잔 여자니까. 그런데 보통 내긴 아닌 것 같다.

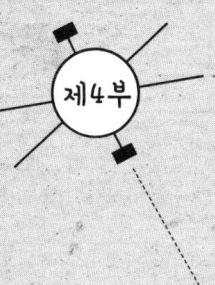

제4부

고래를 찾아서

　밴드부 이름을 놓고 난장이 벌어졌다. 노랑머리까지 가세해 연습실은 그야말로 천장이 들썩거린다.
　"킥킥킥? 그게 밴드부 이름이야?"
　"며칠 동안 골 싸매고 생각했다니까."
　"야, 우리가 목에 걸린 가시냐?"
　"킥킥킥이랑 캑캑캑도 구분 못하냐?"
　"아무튼 대가릴 쓰려면 좀 제대로 써라. 여기가 요리 실습실인 줄 알아?"
　해나와 김상휘의 접전. 상휘 녀석은 해나에게 쭉 반말 대거리로 받아친다. 분위기가 험하게 흘러간다.
　"시끄럽고. 다른 사람은?"
　곽밥의 한마디에 순간, 조용해진다. 10초도 못 갈 정적이다.

나도 나름대로 생각해 봤다. 천장을 말똥말똥 쳐다볼 때나 밥을 먹다가도 불쑥 뭔가 떠오를 듯했는데 목에 걸린 가시처럼 답답하기만 했다. 내 머리에서 기발한 게 나온다면 그게 더 신기한 거지. 일이 이렇게 커질 줄 몰랐으니까.

"승규, 뭐 좋은 이름 없어?"

곽밥이 나한테 턱짓을 하며 묻는다. 근데 내 머릿속에는 삐용삐용 하는 앰뷸런스의 경보음만 가득하다. 꼭 결정적인 순간일 때 그놈의 앰뷸런스 소리가 재생된다. 아직도 밴드부에 대한 긴장감이 덜 풀렸나?

"저도 발언할 자격 있어요?"

노랑머리가 손을 번쩍 든다. 그럼 그렇지. 얌전히 입 다물고 있을 사람이 아니다.

"지금 반짝하고 떠오른 건데 '우주 비행' 어때요?"

노랑머리는 곽밥의 눈을 집중적으로 쳐다본다. 곽밥은 코를 만지작거리던 손으로 턱을 쓸어내린다.

"그거 진짜 즉석에서 생각해 낸 거 맞아요?"

해나가 의외라는 얼굴로 묻는다.

"그럼. 나 이래 봬도 대학 다닐 땐 우리 과의 브레인이란 말 많이 들었다. 머릿속에 불이 반짝반짝 잘 들어와서 무슨 행사 할 때마다 요긴하다고. 그 실력 어디 가냐?"

노랑머리가 입을 삐죽거리며 정색을 한다.

"샘은 꼭 자기 자랑부터 하시더라."

해나의 일침. 쟤는 남한테 좋게 말하는 꼴을 못 봤다.

"우주 비행, 말 그대로 우리가 우주를 비행한다는 뜻. 아무런 구속 받지 않고 맘껏 하늘을 난다는 뜻이지. 괜찮지 않아? 이보다 더 멋있는 아이디어 있으면 말해 봐."

노랑머리는 우쭐한 기분에 어린애처럼 좋아서 입이 안 다물어진다.

우주 비행? 무한한 우주 공간을 자유롭게 떠다닐 수만 있다면 그보다 더 좋은 것도 없겠지. 힘들고 괴롭던 생각도 다 날려 버리고, 새가 된 것처럼 훨훨 날 수 있다면. 나는 복씨 아저씨가 말한 거대한 고래를 떠올린다. 물너울을 타고 푸른 대양을 가로지르는 고래. 내 머릿속에서 삐용거리던 경보음이 일시에 날아간다.

"괜찮긴. 오합지졸에 실력은 똥차 수준인데 창피한 줄을 알아야지."

곽밥의 비아냥거림에 아이들이 두두두 책상을 치며 야유를 보낸다.

"좋냐?"

곽밥이 뚱한 표정으로 내게 묻는다.

"좋습니다."

"내가 멋있다고 했잖아요. 너는?"

노랑머리가 김상휘에게 묻는다. '킥킥킥'이란 이름을 고심해서 지어 왔다가 놀림거리가 된 김상휘는 표정이 좋지 않다.

136

"아 쓰바. 연주만 잘하면 됐지, 이름이 무슨 상관이야."

"아니다. 이름도 중요해. 너 고등학생 된 뒤부터 나하고 무슨 마가 낀 거 같은데, 면담 좀 해야겠다. 나한테 뭐 배알 꼴리는 거 있냐?"

노랑머리가 속눈썹을 심하게 깜빡거린다. 열떴던 분위기가 갑자기 쌩하게 돌아간다. 김상휘, 저거 나하고도 풀 게 남았다. 이유 없이 노랑머리가 나를 감싸고돈다고 생각할 거다. 연습실을 드나들 때마다 거슬리고 찝찝하긴 나도 마찬가지다. 내가 제대로 된 나이로 학교만 다닌다면 녀석 야코를 팍 죽여 놓는 건데…….

"아, 분위기 이상하네. 내가 샘한테 뭐요?"

김상휘, 문을 박차고 나갈 것 같은데, 의외다. 목소리가 안으로 쑥 기어들어 간다. 저런 맹물 같은 새끼.

"노샘, 밴드부 이름이 우주 비행 안 되면 우시겠네?"

동구가 눈치 없이 깰깰거린다.

"울긴. 내가 뭐가 아쉬워서. 넌 내가 고것밖에 안 되는 사람으로 보이냐? 나 이래 봬도 통 큰 사람이야."

노랑머리나 김상휘나 동구나 하여튼.

"애들처럼 노샘 왜 그래. 좋아. 어쨌든 나도 별 이견 없으니까 우주 비행으로 한다."

우주 비행은 이렇게 해서 결성, 우여곡절 끝에 드디어 모습을 갖추기 시작했다. 우주 비행으로 밴드부 이름을 정한 날,

곽밥이 내게 열쇠를 던져 줬다.

"네가 제일 성실하니까 맡기는 거야. 연습을 제일 많이 해야 하니까 주는 거기도 하고."

다른 멤버들이 알면 시기한다며 잔말 말고 그냥 주머니에 팍 쑤셔 넣으라고 했다.

오후 일곱 시가 되면 복지관 건물은 불이 꺼진다. 정문이 잠기고 후문만 하나 열려 있는데, 관리실 아저씨가 수시로 점검한다. 지하 공간은 선생님이 없으면 밤에는 사용이 불가능하다. 혹시나 아이들이 모여 담배를 피우거나 술을 마셔서, 그나마 겨우 유지해 가는 공간을 뺏길까 봐서란다. 청소년 전용 공간으로 쓰기 위해 노랑머리가 이 복지관에 근무를 시작했을 때부터 공들여 작업한 거라고 했다. 또라이 같은 애들이 노랑머리 속을 꽤 썩였나 보다. 곽밥이 내게 열쇠를 건네준 건 나를 믿는다는 말이기도 했다.

열쇠를 받았을 땐 매일매일 연습실에서 살 것 같은 마음이었지만 나 혼자 연습실에 처박혀 죽어라 드럼만 두드리는 건 곰과 호랑이가 쑥과 마늘을 먹으면서 동굴 속에서 인간이 되기를 기다리는 것과 비슷하다. 이곳의 역사나 사회 과목은 내가 이해할 수 없는 것들투성이지만 그래도 이 정도의 신화 얘기는 통한다. 내가 단군의 자손이라는 것쯤은 말이다. 하지만 나는 호랑이지 곰 쪽은 아니다. 어머니 눈치도 봐야 한다.

드럼을 치러 다니는 건 어머니에게 말하지 않았다. 공연한 얘기를 해서 어머니 머릿속을 복잡하게 만들고 싶지 않아서다. 대신 내년에 볼 검정고시 공부를 열심히 할 생각이다. 어머니가 걱정하지 않게. 이런 결심도 밴드부를 드나들면서 하게 된 거다. 녀석들이 고등학생입네 뻐기는 게 꼴사납기도 했지만, 나를 엄연히 검정고시 준비하는 아이로 알고 있기 때문이다.

다행히 우주 비행으로 밴드부 이름을 정한 날, 노랑머리는 내가 무료로 공부할 수 있는 곳을 알아봐 주겠다고 했다. 나는 그 말에 귀가 솔깃했다. 사실 몇 번이나 검정고시 학원에 대해서 물어보고 싶은 걸 참았던 것도 다 돈 때문이다.

요즘 어머니의 가장 큰 걱정거리는 누나에게 보낼 돈을 마련하는 거다. 어머니가 월급날을 손꼽아 기다리는 것도 다 그 때문이다. 그런데 나까지 돈 때문에 어머니를 힘들게 하고 싶지 않다.

"공부는 잘하고 있는 거이가?"

출근 채비를 하며 어머니가 묻는다.

"걱정하지 마시라요. 돈 안 들이고 공부하는 데를 사무원이 알아봐 준다고 기랬으니."

"쉼터 같은 데가 있는 기야?"

나는 예, 하고 얼버무린다. 노랑머리가 알아봐 준다는 곳이 어떤 덴지는 모르지만, 기다리고 있는 중이다.

"조금만 고생하라. 누나만 오면 기땐 어려울 거 없어."

그래서 내가 물었다. 누나한테 돈을 보내면 누나가 우리에게 올 수 있냐고.

"아주바이랑 알아서 할 테니 어른들 일엔 신경 쓰지 마라."

어른들은 말하기 곤란하거나 대꾸하고 싶지 않을 땐 '어른들 일에 신경 쓰지 마라.'며 입을 막는다. 내가 어머니에게 돈 한 푼 보낼 수 있는 힘은 없지만, 나도 알 건 알고 있어야 한다는 게 내 생각이다.

나는 출근하는 어머니를 따라 나간다. 이것저것 머릿속이 복잡할 때 무거운 마음을 뚫어 주는 데는 드럼만한 게 없다.

"쏘다니지 말고 집에 얌전히 있으라."

내 꿍꿍이속을 모르는 어머니는 쓸데없이 따라 나온다고 잔소리다.

연둣빛이 도는 재킷을 걸친 어머니의 표정은 꽃샘추위가 풀린 봄 날씨처럼 푸근해 보인다. 한국에 와서 첫 번째 맞는 봄이다. 어머니는 이 봄날 저녁에 봄빛 같은 희망을 되새기는 표정이다. 길어진 저녁 햇살을 받으며 버스 정류장으로 가는 어머니를 뒤로하고 나는 밴드부 연습실로 내려간다.

그런데 연습실 열쇠가 헛돈다. 연습하는 날도 아닌데, 안에 누가 있나? 곽밥이 나한테만 열쇠를 준 걸로 알고 있는데…….

나는 문을 조금 열고 슬그머니 고개를 들이민다. 혹시나 곽밥과 노랑머리 둘이 있는 건 아닐까 생각했는데, 노랑머리와 마주 앉아 있는 건 해나다. 이 시간에 해나가 무슨 일이지? 도로 나가기도 그렇고, 들어가기도 어중간하다.

"그럼, 해나야. 다음에 다시 얘기하자. 너무 조급하게 결정하지 말고."

의자에서 일어난 해나가 출입문 쪽으로 성큼성큼 걸어온다.

"야, 넌 누나한테 인사도 안 하냐!"

해나는 대뜸 내 머리를 쥐어박으려 손을 번쩍 들어 올린다. 나는 잽싸게 어깨를 왼쪽으로 뺀다. 얘는 걸핏하면 손이 먼저 올라온다. 그것도 남자한테 겁도 없이.

"연습하러 왔니?"

계단 올라가는 해나 꽁무니를 보고 있는데 노랑머리가 묻는다.

둘이 오붓이, 연습실에 있기는 처음이다.

"마침 잘 왔네. 안 그래도 전화하려던 참인데. 저번에 알아본다고 한 거 있잖아."

무료로 공부할 수 있는 데를 말하는 모양이다.

"여기서 그렇게 멀지 않아. 버스 타면 금방이고, 걸어 다닐 수도 있는 거리야. 대안 학교나 네가 전에 있었던 쉼터 같은 데가 있으면 좋겠지만, 이쪽은 그런 시설들이 없어."

내가 가게 될 공부방은 지역아동센터라는 곳인데, 시설장이 노랑머리의 대학 선배라고 한다. 저녁 먹을 때까지는 초등학교 아이들이 모여 방과 후 시간을 보내고, 저녁 시간 후부터 아홉 시까지 야간에 중고생들을 받는데, 중고생은 나까지 다섯 명. 검정고시를 준비하는 학생은 나밖에 없어 특별히 일대일로 나를 봐줄 도우미 자원봉사자도 붙여 줄 거라고 한다. 이 정도면 노랑머리는 나한테 할 만큼 해 주는 셈이다.

그런데, 지금 내가 궁금한 건 따로 있다.

"해나는 무슨 일로 왔습니까?"

노랑머리는 손가락으로 책상을 톡톡 두드리며 그냥, 하고 대답을 얼버무린다. 노랑머리의 짙게 화장한 속눈썹이 아주 빠르게 깜빡거린다. 병원에 가 봐야 하는 거 아니야? 사람은 보통 5, 6초에 한 번씩 눈을 깜빡거린다고 네박사에 나와 있던데 노랑머리는 쉴 새 없이 깜빡거린다. 파리과도 아니고.

"선생님."

"왜, 또 무슨 일 있어?"

"저…… 밴드부 아이들 말입니다."

"밴드부 애들이 왜? 개네들이 너한테 이상한 소리 하디? 상휘가 괴롭혀?"

찜찜하게 가슴에 담고 있던 건데 이 기회에 쏟아 내 버리자, 나는 빠른 말로 묻는다.

"곽 선생님이랑 아이들은 제 출신을 알고 있습니까?"

이렇게 묻는 내 마음을 노랑머리가 알까? 사실은 궁금한 것보다 불안하다. 내가 북한에서 온 아이라는 걸 알면 이들의 반응은 어떨까? 잠시 잠잠하던 노랑머리의 속눈썹이 아까처럼 재빠르게 깜빡거리기 시작한다.

"승규야, 그게 중요한 문제인 건 아는데, 안다고 해서 크게 달라지는 건 없어. 곽 선생님은 편견 없는 사람이야. 우리 복지관 애들한테 특별한 애정과 관심도 있고. 곽 선생님이 안다고 해서 너랑 다른 아이들을 차별하는 일은 없을 거야. 말은 툭툭거려도 그건 곽 선생님 성격이 그런 거고, 속은 깊어. 앞으로 겪어 보면 알 거야. 밴드부 친구들한텐 말 안 했어. 친구들한테 털어놓고 말고는 전적으로 네가 결정할 문제거든. 너한테 불이익이 가는 일이라면 나는 되도록 피하고 싶어. 넌 그게 밝혀지는 게 두렵니?"

지금은 나도 내 마음을 모르겠다. 나는 노랑머리의 눈길을 피한다. 그런데 곽밥은 나의 출신에 대해서 안다는 건지, 모른다는 건지 아리송하다.

"그래. 말 안 해도 알겠어. 지금 네 심정이 어떤지. 자연스럽게 기회가 오면 그때, 네가 얘기하고 싶을 때 해도 돼. 너무 부담 갖지 말았으면 좋겠어. 그리고 넌 충분히 멋져. 자신감 잃지 말고, 지금처럼만 해. 알았지?"

이제 알겠다. 노랑머리의 속눈썹이 어떨 때 병적으로 깜빡거리는지. 낯선 상대에게 말을 걸 때, 말없이 노려볼 때, 노랑머리의 심장이 뭔가에 맞은 듯 떨리거나 흥분할 때, 지금처럼 뭔가 말하기 곤란한 상황에 처했을 때도 심하게 깜빡거린다. 그걸 본인은 알기나 할까?

"사실은 말이야…….”
 노랑머리의 속눈썹이 다시 깜빡거리기 시작한다. 덩달아 내 속눈썹도 깜빡거린다.
 "해나도 참 어려워. 작년에 아버지가 돌아가셨거든. 어머닌 아주 오래전에 집을 나가서 행방을 모르고. 동생이랑 둘이 사는데, 일테면 해나가 가장이지. 너무 힘들어서 학교를 쉬고 싶대. 상업 고등학교를 다니긴 하지만, 해나가 영특해서 공부도 꽤 하는 애거든. 아까 그 얘기 들으면서 선생님이 무슨 생각 한 줄 아니?”
 이 복지관에 드나드는 아이들, 가난하게 산다는 건 대충 눈치는 챘다. 멀쩡하게 좋은 아파트에 사는 애들은 이 복지관에 안 온다. 지저분하고 볼 것도 없는 이 임대 아파트엘 왜 드나들겠나. 자기네들 사는 구역과 이 구역은 다른 세상인데. 어머니는 돌아가시고, 아버지는 공사판을 떠도느라 집을 비우고 할머니와 둘이 산다는 상휘 녀석도 진즉에 알아봤다. 그래도 해나와 상휘는 내 경우와 다르다고 말하고 싶은 걸 꾹 눌러 참는다. 노랑머리가 할 말이 많은 것 같아서다.
 "그래도 난 너희들이 다 고마워! 꿋꿋하게 잘 견디고 열심히 살아 주고 있잖아. 밴드부를 만든 것도 그래서야. 내가 청소년 담당인데 너희들한테 해 줄 수 있는 건 없고, 신 나게 스트레스라도 좀 풀면서 갈 수 있는 방법이 없을까 해서. 니네들과 함께 지내면서 나도 내 삶에 고마움을 느끼거든. 그렇다고 뭐 내가 천사 같은 소명을 가진 복지사는 아니지만, 최소한 잘못은 저지르지 말고 겸손하게 살자, 그런 다짐은 늘 하지."

 노랑머리의 왼쪽 아랫눈썹 밑에 쥐똥만 한 점, 내 눈엔 예쁘게 보인다. 누나를 생각하면 눈 밑의 점이 먼저 떠오르듯이 눈 밑의 저 점이 없는 노랑머리, 상상이 안 될 것 같다.
 그나저나 이렇게 심각한 얘길 나누다 보니 드럼 칠 마음이 싹 사라졌다. 어지러운 마음 좀 잡아 보려고 왔다가 스틱 한 번 못 잡아 보고 그냥 가게 생겼다. 다행히 노랑머리의 속눈썹이 안정적으로 깜빡거려서 열떴던 내 마음이 가라앉는다.

이제부터 본격적인 합주 연습이다.

곽밥이 연주할 곡 악보를 멤버들에게 돌렸다. 기본적인 짧은 연습곡도 그랬지만, 나는 한 번도 들어 보지 못한 곡이다.

"또 이거예요?"

"이거 한물간 지가 언젠데."

"이런 건 노래방에서 노땅들이나 부르는 노래란 말이에요."

정신없이 말들이 쏟아진다.

"자자, 지방 방송 끄고, 내 말 잘 들어. 니네들 연습하는 상황 보고 한 달 뒤에 무대에 설 곡이다."

"무대요?"

"그래, 인마."

해마다 복지관에서 자선 바자회를 연단다. 아파트 마당에

차일을 치고 입주민들을 모아 놓고 벌이는 잔치. 복지관 관계자들이 초빙한 다른 단체들도 들어와 하루 종일 물건과 음식을 팔아 후원금을 만드는 큰 행사 중의 하나라고 곽밥이 설명을 덧붙인다.

"그때 우주 비행이 선을 보이는 거야. 이거 노샘 아이디어다. 니네들한테 맞는 곡을 고르고 고르다 결정한 거야. 일단 연주법이 복잡하지 않잖아. 특히 드럼. 그때 첫 공연 성공하면 가을에 있을 청소년 지역 밴드 경연 대회에 나갈 멋진 곡을 연습할 거다."

"밴드 경연 대회요? 그럼 자선 바자회 나가지 말고, 경연 대회 나갈 거나 연습해요."

상휘 녀석은 자선 바자회 따위는 시시하다는 표정이다.

"야 인마. 노샘 체면도 좀 세워 줘야지. 어디 체면뿐이냐. 우리가 쓰는 이 공간이 복지관이라는 거 몰라?"

곽밥의 말에도 아이들은 불만 가득한 표정이 역력하다.

악보를 받아 든 나는 어리둥절한 걸 표 내지 않으려고 어지러운 악보만 뚫어지게 쳐다본다. 대체 내가 이 길고 복잡한 노래를 어떻게 치나. 도돌이표가 몇 개야. 이제 겨우 드럼 기본 악보를 익히고 드르륵 긁는 소리 없이 통통거리는 소리 제대로 낼 정돈데……. 그런데 '마법의 성'이 애들이 말하는 한물간 노땅들 노랜가?

곽밥은 드럼 연주법을 강의하는 틈틈이 내게 말했다. 곡을 이해하고, 리듬을 타는 게 중요하다고. 손목이 뻐근하고 장딴지가 뻑뻑할 정도로 베이스 드럼 잡으면서 연습만 한다고 되는 게 아니라고. 열심히 하는 건 좋은데, 라고 토를 달 때 내 목은 절로 움츠러들었다.

"천부적인 음악적 재능을 타고난 놈들은 이런 데 안 와. 그런 건 바라지도 않아. 그러니 실망할 건 없어."

내 드럼 소리를 듣고 있기 한심하다는 말인지, 어설픈 위로인지 모를 말들을 내뱉으면서 내 표정엔 상관없이 할 말은 좔좔 읊었다. 곽밥도 생각보다 말 많은 사람이다. 노랑머리와 둘이 딱 붙여 놓으면 환상의 앵무새 한 쌍을 보는 기분일 거다. 그래도 내겐 두 사람 다, 같은 무게로 작동하는 스승이다.

"자, 해나, 이 노래 알지? 내가 키보드 잡을 테니까 한번 불러 봐. 다들 집중해서 듣고. 특히 승규!"

곽밥이 키보드 앞에 앉는다. 해나는 마이크를 잡고 큼큼 목을 가다듬는다. 그리고 창 쪽을 향해 선다. 어깨까지 내려오는 긴 머리의 해나 뒷모습이 내 눈앞을 가로막는다. 살짝살짝 허리가 흔들릴 때마다 해나의 긴 머리가 찰랑거린다. 해나, 노래 솜씨 죽인다! 곽밥의 노련한 키보드 연주도 죽여준다. 얼이 빠져 있는 나와는 달리 상휘와 똘마니는 구석에서 이마를 맞대고 지들끼리 시시덕거린다.

자유롭게 저 하늘을 날아가도 놀라지 말아요.

쭉 미끄러지듯 흐르던 목소리가 떨리면서 고음을 향해 치

닫는다. 거친 물너울을 헤치고 지느러미를 퍼덕이는 대양의 고래, 심해를 유유히 헤엄쳐 파도를 뚫고 나가는 고래의 몸짓이 내 몸을 휘감아 오는 것 같다. 나는 한참 동안이나 혼자서 바닷속을 유영했다. 잠수부였던 복씨 아저씨 대신 내가 고래를 데리고 바다를 휘젓다 눈을 뜬 순간, 이미 노래는 끝나 있다. 아무도 박수를 치지 않는다. 해나는 얼굴에 열이 몰리는지 두 손으로 부채질을 해 대고, 뜨거운 폭풍처럼 몰려온 내 가슴속 열기가 얼굴까지 붉게 달아오르게 만든다.

"해나, 키보드 잡을 줄 알지? 전에 해 봤으니까 어렵진 않을 거야. 니들 제대로 들었냐?"

"네."

두 녀석이 건성으로 대답한다. 내 얼굴은 붉게 상기되어 있을 거다. 아무도 눈치채지 못한 것 같아 다행이다.

본격적인 첫 연습에서 나는 구경만 했다. 곽밥이 드럼을 쳤다. 나는 드럼 옆에 서서 악보와 곽밥의 동작을 번갈아 쳐다보았다. 연주를 이끌어 가는 건 드럼이라던 곽밥의 얘기는 옳았다. 곽밥이 힘 있고 정확하게 드럼을 치자 연주는 자연스럽게 흘러가는 것처럼 들렸다. 상휘는 뭐가 마음에 안 드는지 중간에 연주를 멈췄고 베이스 기타와 키보드는 중간중간 음을 놓치면서 겨우겨우 따라갔다.

그래도 처음 연준데 이만하면 훌륭하다는 내 예상을 깨고, 곽밥이 갑자기 연주를 뚝 멈춘다.

"야, 새끼들. 진짜 너무하네. 먼저 가르치던 선생님하고 연주해 본 곡이라고 해서 뽑아 왔더니 그새 다 까먹었냐? 이게 말이 되냐? 나는 승규만 걱정했더니 똑같은 놈들일세."

"이 멤버들 다 짝퉁이거든요. 밴드부 애들 제멋대로 바뀌잖아요. 그러니까, 전에 맞춰 봤던 전자 기타 베이스 기타 다 애네들 아니었다고요."

해나의 볼멘소리다.

"알아. 그래도 이렇게 안 맞아서 어떻게 공연을 하냐."

"우리가 언제 한다고 그랬어요?"

이번엔 상휘.

"야, 전자 기타, 그래서 못하겠다는 거야? 그런 싸가지 없는 말이 어딨어?"

한마디만 더 나가면 곽밥이 스틱을 내던지고 문을 박차고 나갈 기세다. 곽밥이 푹 눌러썼던 모자를 벗었다 다시 뒤집어 쓴다. 화가 단단히 났을 때 습관처럼 하는 동작이다.

"연주할 놈들은 하고, 하기 싫은 놈들은 그만두고 가. 그 대신, 오늘 나가면 다신 여기 못 들어온다."

곽밥이 문을 열고 나가자 연습실 안에 찬바람이 쌩 돈다. 하지만 아무도 곽밥의 뒤를 따라 나가는 녀석은 없다.

"나는 뭐 시간이 남아돌아서 이러고 있는 줄 아냐? 눈치 좀 있어라. 할 거야, 말 거야?"

해나가 눈을 째려 뜨고 상휘를 조준하듯 쳐다본다.

"자꾸 사람을 긁잖아."

상휘가 우물거린다. 녀석, 해나한텐 고양이 앞에 쥐다.

"그럼 잔말 않고 하는 거다. 베이스 기타, 너도 잘할 거지?"

"알았다고."

그다음은 내 차례다. 해나가 내 쪽으로 몸을 돌리면서 휴우 한숨을 내쉰다.

"넌?"

"쟤 때문에 이런 초짜들이 연주하는 곡 뽑은 거잖아."

동구가 구시렁거린다.

"너나 잘하세요, 남 탓하지 말고. 근데 넌 입이 없냐. 왜 대답을 안 해?"

당연히 하지. 그동안 기초 연습은 니들보다 더 열심히 연습했다. 이제까지 고생한 보람도 없이 그만둘 수야 없지. 근데 나는 처음부터 다시 시작하는 자세로 이 곡을 연습해야 한다. 나는 어느 곳에 서나 여전히 출발이 늦다.

"그럼, 이제부터 딴소리 없기다."

해나는 내가 대답이 없자 하겠다는 걸로 받아들였는지, 제멋대로 결론을 짓는다. 곽밥이 담배 냄새를 풀풀 풍기며 들어온다.

"다들 맘 잡았냐? 그럼 이제부터 개인 연습 거치고 다음 시간부턴 전체적으로 호흡 맞추면서 다듬기에 들어간다. 앞으론 토요일에도 시간 맞춰 나와서 연습한다."

불만 섞인 소리가 터졌지만, 곽밥은 뚝심 있게 밀어붙인다.

곽밥은 전자 기타와 베이스 기타, 키보드까지 차례로 훑어 주고 나를 붙들어 앉힌다. 기본 변형된 마디마다 일일이 곽밥이 직접 시범을 보이고, 눈앞에서 내가 틀리게 치는 부분을 잡아 주며 점검한다. 잔뜩 주눅이 든 나는 긴장해서 손에 진땀이 다 난다.

"연습만이 살 길이다. 손에 익을 때까지 수백 번 연습한다. 모르는 거 있어? 이 곡은 기본적으로 네가 연습한 것들로 구성된 아주 쉬운 곡이야. 다른 애들 신경 쓰지 말고 맹연습이다. 그리고 너, 엠피스리는 있냐?"

엠피스리? 아아, 뒤늦게 알아들었다. 귀에 꽂고 다니면서 음악 듣는 전자 기구.

"없냐?"

"없습니다."

"도대체 있는 게 뭐냐? 우선 연습부터 해. 연습곡 다운받아서 갈 때 줄 테니까 갖고 가고."

순조롭게 잘 나가다 결정적일 때 한 방 얻어맞는 기분이다. 엠피스리에 곽밥이 연습곡을 다운받는 동안 나는 벌서는 아이처럼 기다려야 했다. 해나가 먼저 연습실을 나가고 상휘와 동구가 나갔다. 동구는 나를 향해 고소해 죽겠다는 표정을 보이며 오른쪽 검지를 살살 흔들어 보였다. 조런 뺀질이. 상휘 녀석이 나를 무시하며 눈도 안 맞추는 반면, 동구는 자기감정을 내게 전달하고 싶어 안달이 난 녀석 같다.

엠피스리를 받아들고 연습실을 나온다. 생긴 건 손아귀에 쏙 들어올 만큼 작은 물건인데, 이게 내 마음을 제법 묵직하게 누른다. 그래도 기분은 날아갈 듯 가볍다. 밖으로 나오자 날은 이미 어두워져 있다. 나도 모르게 휘파람이 나온다. 휘휘 후후 휘휘. 오랜만에 불어 보는 휘파람이다.

"야! 쥐방울!"

어둠 속에서 날아온 목소리에 휘파람이 딱 멎는다. 뒤를 돌아보자 화기 엄금이라고 적힌 붉은 야광 글자가 뚜렷이 눈에 들어오는가 싶더니 내 앞으로 누군가 다가온다.

"어쭈, 오늘 너 혼자만 신 났냐?"

상휘 똘마니 이동구다.

"안 바쁘면 저기 좀 가 봐라. 아까부터 기다리는 사람이 있어."

이런 상황은 뭐라고 해야 하나. 재수 옴이 붙은 데다 혹이 하나 더 붙은 건가. 남의 잘 나가는 기분을 망쳐도 유분수지.

"왜?"

"가 보면 알잖아."

어둠 속에서도 유들거리는 녀석의 표정이 빤히 보이는 듯하다. 좁은 철책 사이를 빠져나가는 녀석 뒤를 따라간다. 오라면 못 갈 것도 없다. 오늘만 보고 말 게 아니라면 오늘 확실히 도장을 찍는 게 차라리 낫다. 비겁한 게 누군지는 맞서 보면 알 일이다.

　가스탱크를 다 돌아 나가자 이웃한 아파트 사이 좁은 공터가 나온다. 집이 있던 자린지 깨진 블록 담장이 남아 있다. 상휘 녀석은 담장에 걸터앉아 담배를 피우고 있다. 동구는 마치 나를 범죄자 인도하듯 녀석에게 넘겨주고 담장에 걸터앉는다. 상휘가 일어선다.
　"야, 쥐방울! 우리 숙제 남았지?"
　녀석이 담배를 든 채로 내 코앞까지 다가와 선다.
　"니가 뭐라고 밴드부야, 학교도 안 다니는 짜식이. 너 땜에 연습실에 가기 싫은 거 알아? 재수 옴탱이."
　녀석의 숨소리가 거칠다.
　"비겁한 짜식아, 껌껌한 데에 숨어서 이러냐? 왜, 정정당당하게 한판 붙을 용기는 없냐?"
　노랑머리가 한판 붙으려면 제대로 붙으라던 농담 아닌 농담이 떠오른다.
　"끝까지 고개 빳빳이 쳐들고 대드네."
　"쳐. 쳐 봐. 니가 뭔데?"
　"뭐냐고? 그러는 넌 인마."
　녀석과 내가 어둠 속에서 팽팽히 맞선다. 낄낄거리는 웃음소리가 들린다. 나는 그게 동구의 웃음소린 줄 알았다. 그건 상휘 녀석도 마찬가지였을 거다. 강아지를 부를 때처럼 락락락, 혀를 굴리며 부르는 소리도 들린다. 이건 동구가 내는 소리가 아니다.

"니들 거기서 뭐 하냐. 좆만 한 것들이 담배씩이나 물고. 야, 너 이리와 봐!"

상휘 녀석과 나는 동시에 좌우를 둘러본다. 어슬렁거리며 걸어온 낯선 두 놈이 담벼락에 걸터앉은 동구를 툭 치고 상휘 앞에 딱 버티고 선다.

"그것부터 이리 주고, 또 있음 내놔 봐!"

상휘는 들고 있던 담배를 한 놈에게 넘겨주고, 동구는 가방을 뒤져 담뱃갑을 찾아 옆에 선 놈에게 내민다. 동구의 손에서 담뱃갑을 확 낚아챈 놈이 침을 찍 뱉는다.

"아가들아, 우리는 니들 선배님들이시거든. 이런 데 숨어서 담배나 피우지 말고 얼른 집에 가라, 응. 비상금 있으면 좀 내놓고."

"돈 가진 거 없습니다."

상휘가 우물쭈물 대답한다. 완전히 얼어붙은 목소리다.

"없어? 없다고? 좋은 말 할 때 내놔 봐."

담배를 뻑뻑 빨아 댄 놈이 꽁초를 바닥에 던지고 상휘의 볼을 찰싹찰싹 가볍게 때린다.

"얼른 내놓고 가. 주고 곱게 가든가, 아님 여기 무릎 꿇고 앉아 벌 받고 갈래?"

놈은 상휘의 코끝에 바짝 다가들어 상체를 주먹으로 툭툭 친다. 가방을 끌어안은 동구는 아예 공처럼 몸을 말고 달달 떨고 있다. 도저히 그냥 두고 볼 수가 없다. 내 속에서 뜨겁게 달궈진 돌멩이 같은 게 툭 튀어나온 건 한순간이다.
"뭡니까? 우리가 뭘 잘못했다고."
내가 상휘 앞으로 나서며 소리쳤다. 녀석들, 덩치는 상휘보다 크지 않은데 상휘가 당하는 걸 보면 고등학교 1학년 같진 않다.
"어쭈, 넌 또 뭐냐? 난 두 놈뿐인 줄 알았는데."
상휘에게 한 것처럼 이번엔 내 가슴을 툭툭 치며 이죽거린다.
"에이 씨!"
나는 놈의 팔뚝을 휙 쳐 낸다.
"하, 요것 봐라. 밤톨 같은 게 눈깔에 뵈는 게 없나. 이 짜식이!"
놈이 내 머리통을 퍽 소리가 나게 갈기자 내 발이 반사적으로 나간다. 놈의 복부를 세차게 걷어찬다. 어차피 상휘한테 당하나 이놈들한테 당하나 마찬가지다. 잘못돼도 나야 두려울 게 없다. 잃을 게 없으니까. 무릎이 건들거려 휘청하던 놈이 주먹으로 내 복부를 지를 때 상휘가 엉겨 붙는다. 억 하는 소리가 들리고, 칙, 침인지 핏물인지를 뱉는 소리가 섞이며 어둠 속에서 다섯이 마구 엉겨 붙었을 때 삑삑, 달려오는 호루라기 소리가 들린다. 저 삑삑거리는 호루라기 소리가 구원의 소리처럼 들리긴 이번이 처음이다. 먼저 튄 건 동구다. 상휘와 내가 엎어질 듯 좁은 철책 틈새를 빠져나갈 때 긴 쇠집게를 든 경비원이 귀청이 찢어지도록 호루라기를 불며 달려온다. 저 호루라기 아저씨, 오늘에야 제대로 임무를 수행하는 것 같다.

뛰다가 엎어지기도 하면서 정신없이 공터를 빠져나왔다. 아파트 뒤란의 나무 사이에 드러누운 우리 셋은 네 활개를 뻗고 헉헉 숨을 몰아쉬고 있다. 느닷없이 깔깔거리며 웃던 동구가 웃음을 뚝 그치고 묻는다.

"야, 우리 학교 선배 맞냐? 우리 얼굴 못 알아보겠지? 선배 때려 보긴 처음이네."

동구 녀석이 다시 낄낄거린다.

"얀마 겁대가리도 없이 왜 덤비냐? 그냥 튀면 되지."

상휘 녀석이 나한테 하는 소리다.

"야, 그래도 속은 시원하다. 우리라고 맨날 당하기만 하란 법 있냐?"

동구의 웃음소리가 그치지 않자 상휘가 확 짜증을 낸다.

"그만해, 인마. 젤 먼저 튄 게 누군데."

아랫배가 뻑뻑한 게 똥이 마려운 것 같은 통증이 느껴지지만 기분은 괜찮다. 주머니를 더듬어 본다. 손에 곽밥이 준 엠피스리가 만져진다. 나는 잃은 게 없다.

밥을 먹을 때도, 잠자리에 들 때도 나는 엠피스리를 끼고 있다. 자나 깨나 들으라고 했다. 노래가 완전히 녹아서 귀가 흐물흐물해질 때까지. 나는 이제 나의 고래를 찾아간다. 복씨 아저씨를 행복하게 했던 고래, 민우 형을 행복하게 하는 고래가 나에게도 없으란 법이 없다.

'자나 깨나' 노래를 익히라는 곽밥의 말대로 자나 깨나 '마법의 성'을 생각하느라 어머니와 마주 앉아 밥을 먹을 때, 나도 모르게 입에서 '마법의 성' 멜로디가 툭툭 튀어나온다. 어머니가 밥을 먹다 말고 문득 나를 쳐다본다. '야래 지금 정신이 제대로 박혔나?' 하는 눈빛이다. 어머니의 눈길을 피하는데 나도 모르게 픽 웃음이 난다. 어머니는 돼지 뼈다귀에 들러붙은 고깃점을 발라낸다. 주방장이 사장 몰래 싸 주는 걸

들고 온 거다. 어머니는 식당에서 음식 얻어 오는 걸 마다하지 않는다. 여기 사람들은 음식이 너무 흔해 빠져서 버리는 걸 무서워할 줄 모르고, 음식을 천시한다고 밥 먹을 때마다 개탄한다.

"공부는 어디메로 다니냐?"

뼈다귀를 빈 그릇에 담으며 어머니가 묻는다.

"복지관 사무원이 넣어 줬는데 괜찮습네다."

"저번에 말한 그 사무원 말하네?"

어머니도 노랑머리는 한두 번 봤을 거다. 노랑머리 눈 밑에 쥐똥만 한 점이 있다고 얘기하자 어머니가 천천히 고개를 끄덕인다. 안다는 뜻인지, 모른다는 뜻인지 고갯짓의 의미는 모르겠지만, 아마 누나를 생각하고 있을 거다. 눈 밑의 점……, 누나를 잃어버렸을 때 누나를 찾는 단서가 되기도 했기 때문이다.

누나가 예닐곱 살 때, 어머니는 나를 업고 누나를 데리고 장마당에 나갔다가 누나를 잃어버린 적이 있었다. 어머니는 곁에서 놀고 있을 줄 알았던 누나가 사라진 것도 장마당이 어두워질 때야 알았다. 그제야 어머니는 누나를 찾아 장마당과 인근의 동네를 찾아다니기 시작했다. 그 점이 쥐똥만 해도 어릴 땐 크게 보였고, 그런 점을 가진 애도 드물어서 누나를 설명하는데 점 얘기를 빼놓지 않았다고 했다. 누나를 찾다가 지친 어머니가 집으로 돌아왔는데, 누나는 혼자 컴컴한 집에서 어머니를 부르며 울고 있더라고 했다. 누나는 한 번씩 어머니와 성질을 돋우며 싸움이 붙을 때 어머니에게 심통을 부리며 물었다. 그때 어머니도 내가 없어졌으면 하고 바라지 않았느냐고. 식량 배급이 끊기고 살기가 힘들어지자 사람들이 몰래 어린 자식들을 내다 버리기도 했다. 하지만 나는 누나가 서운한 마음에 부리는 억지라는 걸 알았다.

"잘됐고나. 시작했으면 성실하게 해야지. 우리가 살 길은 남들보다 더 열심히 하는 수밖에 없어. 그저 뭐이든……."

나는 열심히 하겠다고 대답하고, 어머니의 잔소리가 길어지기 전에 밥상머리에서 일어난다. 진심이다. 이건 드럼을 배우기 시작하면서 내가 새롭게 다진 각오다. 이제는 예전의 어리병병하고 사람 눈을 피하기만 하던 내가 아니다. 내가 움츠러들면 들수록 발톱이 센 놈들이 나를 얕잡아 보고 찍어 누르려고 할 것이다. 노랑머리가 말한 것처럼, 나는 다트판 앞에 서서 처음으로 나 자신에게 말한다.

"박승규, 넌 멋있어!"

이 정도의 자신감이면 뭐든 할 수 있을 것 같다. 아르바이트도 생각 중이다. 상휘 녀석이 하는 전단지 돌리는 일도 못할 거 없다. 우리 집 출입문에도 문을 주먹으로 때리지 말라는 쪽지가 붙어 있을 새도 없이 너펄거리는 전단지들이 덕지덕지 붙어 있기 일쑤다.

금이빨·은수저 매입. 금이빨 개수에 상관없이 방문 또는 우편(등기) 매입하여 처리해 드리겠습니다.

사용하지 않는 은수저는 판다고 쳐도, 산 사람의 입속에 박혀 있는 금이빨을 강제로 뽑아서 팔라는 건지, 뽑아 가겠다는 건지, 도무지 요지경인 전단지도 붙어 있다. 뿐인가. 중국집, 야식집, 대출·급전 전단지들은 시도 때도 없이 붙는다. 길에서는 오토바이 타고 지나가면서 삼지창 꽂듯이 명함을 휙휙 뿌리고 지나가는 고수도 본 적이 있다.

전단지를 붙이고 다니는 상휘 녀석을 딱 맞닥뜨린 건 공부방으로 가던 길이었다. 녀석은 건너편에서 나랑 같은 방향으로 잔걸음으로 뛰고 있었다. 나는 사거리에서 신호등 앞에 섰다. 길을 건너 왼쪽 길로 가야 했다. 집에서 공부방까지는 마을버스로 네 정류장 거리. 걷는 데는 이골이 나 있었다. 그 정도 거리는 일도 아니었다. 걸으면서 복잡한 머릿속도 정리하고, 이것저것 구경거리도 많았다. 건널목에서 녀석은 나와 마주 섰다. 그런데 녀석이 갑자기 등을 홱 돌렸다. 나를 본 게 틀림없었다. 그러니 신호등이 바뀌기 직전에 등을 돌렸을 테지. 신호등이 바뀌자 나는 잰걸음으로 사라지는 녀석을 쫓아 뛰었다. 가스탱크 뒤쪽에서 의문의 두 놈과 붙고 난 뒤에 녀석과 처음 얼굴을 맞닥뜨리는 거였다.

"왜 돌아서냐?"

나는 녀석의 등 뒤에 바짝 붙어서 숨을 헐떡거리며 말을 붙였다. 녀석이 휙 돌아보았다.

"갈 길이나 가. 남의 일에 상관 말고."

"나도 이쪽으로 가는 길이야."

"그럼 가시든가."

녀석은 내 눈을 피했다.

녀석의 옆구리엔 조그만 손가방이 매달려 있었다. 전봇대가 나타나자 녀석은 청테이프를 쭉 찢어 종이를 붙였다. 대리 운전 전단지였다. 테이프를 찢어서 붙이는 솜씨가 재빨랐다. 녀석은 눈 깜짝할 새에 붙이고 재빨리 걸음을 옮겼다.

"아이 씨, 왜 자꾸 따라오냐, 꼬맹아!"

"쥐방울이 아니라 다행이네. 키 작은 게 무슨 잘못이냐? 키 작다고 사람 깔보게."

"어쭈! 지금 나 따라다니면서 사람 약 올리냐?"

"좋아서 따라간다 왜."

녀석이 갑자기 우뚝 멈춰 섰다.

"아이 씨, 사람 피곤하게 구네. 너 또라이냐?"

"내가 또라이면?"

"미친 새끼!"

"너는 미친 새끼 아니냐?"

"우아, 이게 진짜 질기네. 도대체 너 뭔데?"

이 녀석은 툭하면 너는 뭐냐고 묻는 게 버릇인 모양이다.

그래, 너 때문에 나도 내가 뭔지 오랫동안 고민 좀 했다. 너는 너 자신이 뭔지 제대로 생각이나 해 보고 그런 소리를 나불거리냐? 나는 녀석의 턱주가리를 한 방 먹이고 싶은 걸 눌러 참았다. 나는 녀석의 눈을 똑바로 쳐다보며 다부지게 말해 줬다.
"나도 너하고 똑같은 사람이다!"
우하하하. 녀석이 미친 듯이 웃어 댔다. 나는 웃지 않았다. 너나 나나 똑같은 사람이라고 말하는데 그게 웃긴 일인가. 언젠가 한번 둘이 서게 되면 하고 싶었던 말이다. 나도 너하고 똑같은 사람이라고.
"왜 웃어?"
"우스워서. 졸라 웃겨서. 나도 사람이다 왜?"
녀석이 손바닥으로 자신의 이마를 탁 치며 하늘을 쳐다봤다. 나는 녀석의 턱밑으로 바짝 다가섰다.
"너는 내가 밴드부 자격이 없다고 생각하냐?"
호루라기 아저씨가 판을 깨서 도망을 치긴 했지만, 싸움이 있던 날 녀석이 한 말을 나는 똑똑히 기억하고 있었다.
"꼴통 새끼, 그래서 지금 나보고 뭐? 내가 어쨌다고?"
내 말에 녀석은 되레 큰소리였다.
"나도 너하고 똑같은 사람이니까 나도 밴드부 자격 있다고."
나는 목소리를 낮게 깔고 분명하게 녀석에게 말했다. 너하고 출신 성분은 달라도 나도 엄연히 한국 사람이라는 뜻이다.

하지만 녀석은 죽었다 깨어나도 내 말의 깊은 뜻을 이해하지 못할 거다.

녀석이 히죽 웃었다. 매가리라곤 하나도 없는 새끼. 남한테 얻어맞고 다니는 주제에 기껏 저보다 덩치 작은 나한테나 큰소리칠 줄 알지.

"됐어 인마. 그래서 한번 해보자는 거야?"

"나도 됐어 인마. 싸우고 싶으면 너 혼자 싸워!"

나는 녀석에게 큰소리를 쳐 주고 돌아섰다.

"아이 씨, 뭐 저런 게 다 있어. 그래, 너 잘났다 좆만 한 새꺄."

멀어지는 내 등 뒤에서 녀석의 목소리가 쩌렁쩌렁 울렸다.

그다음 날, 상휘 녀석과 연습실에서 마주쳤는데, 녀석은 여전히 나한텐 눈길도 주지 않았다. 자기도 양심이 있으면 뭔가 알겠지? 내가 너보다 사실은 두 살이나 많다고 확 불지 않길 잘했다. 생각해 보니 그날 저녁 길거리에서 녀석과 나눈 얘기들이 우스웠다. 동구는 나한테 장난스럽게 슬쩍슬쩍 눈을 찡긋거렸지만, 여전히 김상휘와 딱 붙어 떨어지지 않는다. 전단지 붙일 때는 두 녀석이 같이 안 다니나?

"야, 니네 둘! 30센티 이상 떨어져 있어. 다 큰 것들이 징그럽게."

해나는 연습실에만 오면 누나 행세를 심하게 하려 든다. 특히 상휘와 동구가 붙어 있는 꼴만 봤다 하면 눈에 쌍심지를 세운다. 전생에 무슨 수가 난 원수들 같은데, 이상하게 그게 미운 정이라는 게 느껴진다.

우주 비행 멤버 중에 부모님이 멀쩡하게 있는 놈은 동구뿐이다. 동구는 학원도 다닌다. 동구 어머니는 가사 도우미 일을 다니며 동구 학원비를 댄다고 한다. 대학 가라는 잔소리에 시달리면서 뺀질뺀질하게 상휘 꽁무니에 붙어 밴드 연습을 하러 온다. 와서는 시시덕거리며 공부하라는 잔소리만 안 하면 뭐든 하겠다고 깝친다.

복씨 아저씨가 함경도 할마이라고 말하던 고물 할머니가 상휘 할머니라는 건 얼마 전에 우연히 알았다. 노랑머리가 손수레를 끌고 아파트로 들어오는 할머니를 보고 상휘 할머니, 하고 반갑게 소리치며 달려가는 걸 봤다. 옆에 상휘가 있었다면 눈살을 찌푸리고 지랄을 했을 텐데. 의리 있다고 큰소리 뻥뻥 치는 노랑머리는 하여튼 팔랑거리는 게 흠이다. 나는 하마터면 할머니에게 꾸벅 인사할 뻔했다.

"야, 밀어. 아니면 네가 좀 끌든가."

노랑머리가 나까지 끌어들이는 바람에 생각지도 않게 좋은 일 한 번 했다.

하루 종일 시간이 많아 빈둥거리던 생활은 드럼을 배우겠다고 작심했을 때부터 서서히 깨지고 있다. 공부방도 빠질 수 없고, 낮엔 공부방 선생이 해 오라는 숙제로 골머리를 앓다가 스틱을 잡으면 몸과 맘이 따로 놀아 애가 탄다. 그래도 내가 뭔가를 열심히 하고 있다는 생각이 들 때면 없던 힘이 생긴다. 늦었지만 나는 새로운 세계에 도전장을 내밀고 한 걸음씩 씩씩하게 걸어가는 중이다.

　공부방에서 돌아와 보니 집에 손님이 와 있다. 현관엔 뒤축이 구겨진 낡은 운동화 한 켤레가 나뒹굴고, 내 방문 앞에는 못 보던 커다란 가방도 놓여 있다.
　안방 유리문에 얼룩덜룩한 그림자가 비친다. 안에서 들리는 말소리가 귀에 익은 목소리다. 여수에 있는 아주머닌가? 내가 방문을 열자 아주머니가 나를 힐끔 쳐다본다. 나는 머쓱해져서 고개를 꾸벅 숙인다.
　"그래, 승규. 이제 오네?"
　나를 쳐다보는 아주머니 눈이 빨갛게 부어 있다. 어머니를 붙들고 눈물 타령이라도 한 건가? 나는 저 아주머니 맘에 안 든다. 아저씨 혼자 놔두고 들여다보지 않는 것도 그렇지만, 오늘처럼 어머니가 편하게 쉬어야 할 때 집에까지 찾아와서 방을 차지하고 있는 것만 봐도 그렇다.

오늘은 어머니가 한 달에 두 번 쉬는 공휴일이다. 부엌 설거지통엔 상 치운 그릇들이 쌓여 있다. 아주머니에게 저녁까지 해 먹인 모양이다. 무슨 일인지는 내 알 바 아니지만, 내 방으로 들어와서도 은근히 신경 쓰인다. 요즘 복씨 아저씨를 통 보지 못했다. 온통 드럼에 정신이 팔려 있어서 생각을 못한 거다. 가끔은 상가 슈퍼마켓에서 마주칠 법도 한데……, 아저씨가 아예 집 안에 술을 쌓아 놓고 사시나.

옷을 갈아입고 있는데 어머니가 내 방으로 들어온다.

"너, 아저씨네 집에 좀 갔다 와. 아주머니가 여태까지 너 오기만 기다렸다."

"왜요?"

"가서 아주머니 손가방이랑, 구두 좀 게져오라."

"내가 왜 그런 심부름을 해야 합네까?"

내가 퉁퉁거리자 어머니가 목소리를 낮춰 소곤거린다. 아주머니가 남은 짐을 가지러 여수에서 올라왔는데, 술 취한 아저씨가 짐을 싸고 있는 아주머니를 두들겨 패고 살림살이를 부수어서 겨우 우리 집으로 피신해 와 있는 거란다.

"싫습네다. 왜 남의 집 싸움에 내가 껴듭네까."

"너 아니면 누가 가네."

어머니가 등을 떠민다.

어머니도 아주머니와 한패예요? 아저씨가 잘못한 거라면

술을 먹고 일을 안 하고 있는 것뿐인데, 그렇다고 아주머니가 혼자 살겠다고 아저씨를 버리는 게 잘한 일입니까?

같은 남자로서 괜한 분심마저 생긴다. 아무리 남자가 일은 안 하고 집만 지키는 멍멍이고, 돈 버는 여자가 희망새라고 하지만, 그걸 아저씨 탓으로만 돌리는 건 잘못된 일이다.

하지만 나는 어쩔 수 없이 어머니 성화에 떠밀려 통통거리며 집을 나온다. 아저씨가 문을 열어 주지 않으면 아주머니가 알아서 처리하게 내버려 두고 그냥 돌아가야지 했는데, 손잡이를 잡아당기자 문이 어이없이 열린다.

집 안은 컴컴하다. 현관으로 들어서자 자동으로 현관 등에 불이 들어온다. 불빛은 내가 잠시 서 있는 동안 꺼졌다가 발을 떼자 다시 밝아진다. 여자 구두 한 켤레가 문 앞에서 따로따로 뒹군다. 작은 손가방도 현관에 쏟아져 있다. 나는 현관 등이 밝아질 때마다 어둠 속에서 드러나는 아저씨네 집 안을 둘러보다 실내 등을 켠다. 밥상이 엎어져 있고, 아저씨는 주방 앞에 널브러져 있다.

전쟁터가 따로 없다. 안방의 장롱은 활짝 열린 채로 찢어진 옷가지들이 아무렇게나 내팽개쳐져 있다. 누가 보면 북한에서 온 남자들은 다 술 먹고 아내나 두들겨 패면서 이렇게 사는 줄 알겠다. 아저씨가 독하게 살아야 하는데, 이렇게 살고 있는 아저씨도 마음에 들지 않는다. "너한테도 좌절이 있냐?"고 헐겁게 웃으며 묻던 아저씨 말이 떠오른다. 지금 아저씬 좌절에 깊이 빠져 헤매고 있는 건가. 푸른 바다에서 고래와 함께 헤엄을 쳤다던 아저씨는 술을 바다라고 착각하고 거기에 빠져 고래를 찾느라 허우적거리고 있는 건가.

쌕쌕 거친 숨을 내쉬며 잠든 아저씨를 흔든다.

"아저씨, 일어나 보시라요. 정신 좀 차리시라요, 아저씨!"

아저씨는 몸을 뒤척이며 거칠게 팔을 휘젓는다. 술 냄새가 확 풍겨 온다. 아저씨는 내가 흔드는 대로 몸을 이리저리 뒤채더니 혀 꼬부라진 소리로 뭐라고 중얼거린다. 아저씨 겨드랑이에 손을 끼워 넣고 방으로 끌어들인다. 축 늘어진 아저씨는 쌀자루처럼 무겁다. 나는 아저씨에게 이불을 덮어 주고 현관에 뒹구는 구두와 핸드백을 챙겨 들고 나온다. 제대로 들고 나오긴 했는데, 도둑질해 온 기분이다.

"고맙다. 승규 너 아니었으믄 발이 묶일 뻔했어."

아주머니가 지갑을 열어 만 원짜리 지폐를 꺼낸다.

"일없습니다."

나는 아주머니에게 퉁명스럽게 쏘아 주고 방을 나온다.

"아저씬 어쩌고 있네?"

설거지를 하던 어머니가 작은 소리로 묻는다.

"엉망진창입네다."

아주머니까지 들릴 정도로 크게 말했는데, 아주머니는 태평하게 가방을 쏟아서 정리하는 데만 정신이 팔려 있다.

"방에 들어가서 쉬시라요."

"야가 왜 성질을 내고 그래. 들어가서 공부하라."

집안 분위기가 이런데 공부가 되나?

"공부방 친구들하고는 잘 지내네?"

그게 지금 이 상황에서 할 소린가. 내 눈으로 안 봤으면 모를까, 눈앞에 복씨 아저씨네 집 꼴이 빤한데 어머닌 엉뚱한 소리를 하고 있다.

"저한테 친구들이 어딨습네까."

내 대답이 불퉁스럽게 나간다.

공부방 애들하고는 아직 말조차 제대로 붙여 보지 못했다. 그 애들도 각자 바쁘다. 도우미 선생 한 사람이 나를 붙들고 단독으로 공부를 가르친다. 편하고 좋긴 한데, 격리된 것 같아 갈 때마다 부담 백배다. 그 아이들과 친해지려면 좀 더 시간이 필요하다.

"아이들 인성이 안 좋네?"

내가 걱정되는지 어머니가 묻는다.

"잘 모릅네다."

정말 몰라서 모른다고 한 대답이 꼭 골을 부리는 말투다. 어쩔 수 없다. 지금 내 감정이 울퉁불퉁한걸.

"복지관 사무원은 자주 만나네?"

어머니가 나를 힐끔 쳐다보며 묻는다.

"그건 일루 주시라요."

나는 어머니가 행주질을 한 두리반을 받아 다리를 접어서 냉장고와 개수대 사이에 끼워 넣는다. 어째 어머니와 나누는 말이 엇박자로 어긋난다. '쿵'과 '칙', '딱'과 '칙'이 제대로 만나야 조합을 이루는 드럼으로 치자면 손과 발이 따로따로다.

"승규 엄마!"

아주머니가 어머니를 부른다. 그새 아주머니는 화장까지 새로 했는지 얼굴이 말쑥하다.

"나, 지금 가 봐야갔어. 갑자기 빠뜨려 먹은 일이 생각나선."

"열한 시가 다 되어 가는데 어드메로 가시게요?"

"나가믄 택시 있지?"

택시 많다. 우리 아파트 옆에 택시 회사 차고지도 있고 전철역에서 들어오는 택시들은 거의 다 빈 채로 서서 기다리고 있다.

"나, 갈 테니까 동생은 우리 아바이가 날 찾으믄 모른다고 하라. 내가 여기 있다가 간 것도 말하지 말고."

아주머니가 내 방문 앞에 세워 둔 바퀴 달린 가방을 끌고 밖으로 나간다. 복도에 가방 끌리는 소리가 요란하다. 어머니가 슬리퍼를 끌고 엘리베이터 앞까지 따라 나간다. 땡, 밑에서 불려 올라온 엘리베이터가 13층에 멎는 소리가 들린다.

현관엔 아주머니가 버리고 간 시커먼 운동화만 뒹군다. 뒤축이 접혀서 힘을 주어도 펴지지 않을 것 같은 복씨 아저씨 운동화다. 마치 발뒤꿈치가 달아나 버린 저승사자 신발 같다.

아주머니에게 딴 남자가 있는 게 틀림없다. 아저씨를 저렇게 감쪽같이 속이고 가는 걸 보면 말이다. 어머니한테도 좋아서 결혼하고 싶은 남자가 생기면 아주머니처럼 한밤중에 화장을 하고 가방을 싸서 나갈까? 한 번도 생각해 보지 않았던 일이 갑자기 머리를 치고 지나간다. 어머니는 아직 젊다. 고향에서도 이혼한 부모들이 자식들을 이쪽저쪽 찢듯이 데리고 새로 결혼을 하기도 했다. 그런데 우리 모자, 그런 얘기는 한 번도 나눠 본 적이 없다. 이쪽 사람들도 자식과 부모 간에 이런 얘기는 안 하고 사는 것 같다. 텔레비전 연속극에서 보면 이런 일로 부모 자식이 겪는 갈등이 장난 아니던데…….

어머니가 종종걸음으로 돌아와 문을 잠근다.

"아주머닌 가신 겁네까?"

"갔다."

"어디로 간답네까?"

"일터가 있는 데로 내려가갔지."

남자한테 가는 건 아니고요?

"어머니!"

방으로 들어가려던 어머니가 멈칫 돌아본다.

"아저씨, 저대로 놔두면 일 날 겁네다."

나는 내 방으로 들어와 방문을 통 소리가 나게 닫는다. 쟈가 어째 저러네? 어머니의 중얼거리는 소리가 잘린다.

나는 다트판을 향해 화살을 들고 선다. 오늘도 평온하게 하루가 지나가나 했더니 뜻하지 않은 손님이 내 기분을 잡쳐 놓았다. 내 알 바 아니라고 눈을 딱 감아 버리고 싶은데, 잊을 만하면 복씨 아저씨는 한 번씩 내 머릿속을 어지럽혀 놓는다. 그래도 이곳에서 내가 마음 붙이고 편하게 대할 수 있는 어른은 아저씨밖에 없는데. 같은 처지에 고향 사람이라고 어머니가 철석같이 믿는 사람들은 아저씨네뿐인데.

딱, 과녁을 향해 날아간 화살은 중심을 비껴 나 박힌다. 이를 악물고 던진 세기만큼 화살 꼬리에 달린 깃털이 다르르 떨린다.

"그래도 아저씨가 고래 얘기를 할 땐 눈에 생기가 돌고 정신도 말짱했었는데."

나는 침대에 벌러덩 드러누워 다트판에 달랑 꽂혀 있는 화살을 쳐다보며 중얼거린다.

나는 아저씨가 하루빨리 아저씨의 고래를 찾길 바란다.

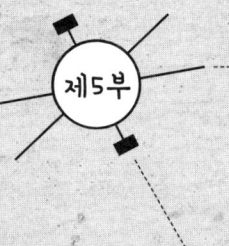

저쪽 사람

"카운트다운 시작됐다. 자선 바자회 참가한다고 했으니 이젠 빼도 박도 못해. 노래 공연하는 팀도 온다는데, 우리가 그것까진 신경 쓸 거 없고, 우린 우리 연주만 잘하면 돼."

곽밥이 연습실에 모인 멤버들을 다그친다.

"바자회에서 꼭 연주해야 돼요?"

상휘가 퉁퉁거린다.

"그럼, 이제 와서 그만두리? 잔말들 말고 연습 준비해."

"에이 씨, 노래하는 가수들 온다면서, 우린 왜 올려요. 창피만 당하지."

"걔네들도 아마추어거든. 왜 미리부터 쫄고 그래, 사내자식이."

곽밥이 소리치자 동구가 중얼거린다.

"무대 올라가서 우리 엄마한테 들키면 그날로 죽는데."

연습 시간은 늘 구시렁거림과 불평불만을 누르는 곽밥의 닦달로 시작된다. 기온이 올라가면서 연습실 안은 서서히 열기가 몰린다. 창문조차 열어 둘 수 없는 지하 공간은 늘 그렇듯 팽팽하게 부풀어 있다.

"전자 기타, 너 자꾸 삑사리 낼래?"

그런데 곽밥의 고함에 스틱을 쥔 내 손이 갑자기 허둥대며 흔들리기 시작한다.

"야, 드럼! 너 지금 혼자서 북 치고 장구 치고 다 하냐?"

불똥이 나한테로 튄다. 드럼을 멈추자 연주가 일시에 중단된다. 순간, 정적이 연습실을 꽉 메운다.

"드럼이 박자를 놓치면 애네들 다 헤매는 거 몰라? 기초 연습할 때, 메트로놈 머릿속에 칩처럼 꽉 박고 있으라고 그랬지. 박자치기만 한 달 동안 연습해야 하는 거라고 속성 과정 들어가면서 얘기했어, 안 했어? 혼자 칠 때는 잘하는 거 같지? 어깨가 으쓱으쓱 폼 나는 거 같지? 근데 합주할 땐 드럼이 정신줄 꽉 붙잡고 제일 긴장해야 하는 거야. 왜?"

곽밥이 턱을 쳐들고 묻는다. 나한테 묻는 게 아니라 혼자 흥분한 것 같다.

"드럼이 박자 놓치고 혼자서 갈팡질팡하면 다 엉망이야. 드럼이 빨라지면 애네들도 같이 허둥대면서 빨리 간다고. 멤버들과 어우러져야만 살아나는 게 드럼이야. 저 혼자 잘나가서도 안 되고 길을 잃어서도 안 되고, 끌고 가면서 힘을 줘야 하는 게 드럼인 거야."

"예."

나는 고분고분 대답한다.

키보드를 삑삑 눌러 가면서, 기타 줄을 띠웅 퉁기면서 해나와 녀석들은 고소한 표정이다.

"니들도 마찬가지야 인마."

"왜 우리까지 싸잡아요?"

동구가 눈에 힘을 주며 대든다.

"그럼, 인마. 니네들이 독주자냐? 밴드는 한 덩어린 거야."

"누가 모른대요?"

해나가 나를 째려보며 퉁퉁거린다.

"니네들 멤버십은 꽝이야. 짜식들, 아주 기본들이 안 돼 있어."

멤버십? 저것도 네박사에서 찾아봐야 하나. 뭘 알아들어야 끼어들기나 하지.

"샘은 언제 우리한테 멤버십 보여 줬어요?"

"해나, 너 말 다했어? 여기가 학교 아니라고 선생한테 그런 막말할 수 있어?"

"학교가 뭐요? 학교도 골빈 샘, 밥맛 샘 가지가지거든요."

"그래, 잘났다 이놈들아. 진짜 해도 해도 너무하네. 니네들이 나를 우습게 아는데, 나도 한때는 전설이었어 인마."

"어른들은 다 그러더라. 툭하면 나도 한때는 전설이었다고. 그걸 어떻게 믿어요?"

"못 믿으면 믿지 말든가. 니네들도 요기서 악기 몇 번 만져 본 걸 가지고 나가서 밴드니 어쩌니 나불대면서 잘난 척할 거 잖아, 인마."

"우리가 뭐 샘 같은 줄 알아요?"

"됐어 인마. 허튼소리들 그만하고 연습해. 시간 날 때 와서 연습하랬더니 안 했지?"

상휘한테 하는 말인지 나한테 하는 말인지 모르겠다.

"바빴어요!"

상휘의 볼멘소리다.

"나도 너만큼은 바빠, 인마!"

합주 연습을 할 때마다 곽밥의 신경이 날카로워진다. 칭찬에 인색하고, 툭하면 인마, 하고 소리를 지르는 게 흠이긴 하지만, 그래도 우주 비행에 곽밥이 없으면 안 된다. 우리끼리 떵땅거리다 보면 배가 산으로 가는지 들로 가는지 도무지 알 수가 없다. 그래서 지도자는 어딜 가나 중요하다.

"자, 첨부터 다시. 드럼 박자 잘 맞추고, 전자 기타 정신 차리고!"

머릿속에 박아 둔 메트로놈 칩이 한 번씩 말썽을 일으켜 허둥대지만 않는다면 탈 없이 끝까지 갈 수 있다. '마법의 성'은 온몸에 스며들 만큼 녹아서 엠피스리 이어폰을 꽂고 있지 않아도 가사까지 완벽하게 살아난다. 거기다 노래를 부를 때 찰랑거리는 해나의 머릿결과 콧소리가 섞인 목소리는 어떻고. 정말로 내가 무중력의 우주 공간을 떠다니는 것 같은 해방감을 느낄 땐 내 머릿속에 박힌 앰뷸런스의 경보음도 깨끗이 사라진다. 내가 생각해도 기특하다. 드럼이 나를 밀어내지 않고 자꾸 친해지는 것 같아 기분 좋다.

공부방 가는 길에도 오로지 드럼만 생각한다. 이젠 길거리에 휘황찬란하게 불 켜진 간판들에 현혹당하지 않고 드럼 박자에 맞춰 흥을 내며 걷는다. 수업 중에는 나도 모르게 볼펜으로 쿵따다닥 리듬을 잡는다. 그러다 콩, 한 대씩 꿀밤을 먹기도 한다. 엉뚱하기는 공부방 선생도 나 못지않다. 대학교 2학년이라는 도우미 선생은 걸핏하면 한국의 교육제도에 대해서 비판적인 장광설을 늘어놓는다. 그러면서도 공부하라는 잔소리는 심하다.

지난 시간엔 엉뚱한 얘기를 꺼내 놓고 내 머릿속을 혼란스럽게 했다.

"너 저번에 텔레비전에서 수능시험 거부하는 애들 피켓 들고 나오는 거 봤냐?"

"못 봤습니다."

수능이 어떤 건지, 나는 잘 모른다. 경험해 보지도 못했고, 이제 겨우 고입 검정고시 공부를 하고 있는 거다. 지금 공부하는 것도 깨우치기 힘들어서 끙끙대는 나를 붙들고 대책 없는 화풀이나 해 대다니.

"나, 그 애들 심정 이해 가. 그런 비판적인 시각을 가진 애들도 있어야 이 사회가 건강해지는 거야. 그렇다고 아예 공부를 하지 말란 말이 아니야. 걔네들은 이유 있는 거부를 하는 거잖아. 뭐든 1등을 해야만 살아남을 수 있다는 서바이벌식 교육 방식을 거부하는 거거든. 교육은 1등만 키우기 위해서 하는 게 아니거든. 인간의 가치는 1등한테만 있는 게 아니라는 거지. 농땡이들이 놀고 싶어서, 게을러서 그런 시위를 하는 게 아니거든. 걔네들은 인간답게 살고 싶다는 자신들의 권리를 주장하는 거야. 그런 소수의 가치가 자꾸 확산되고 통해야 이 경쟁 사회가 인간을 무시하고 달려가는 속도를 늦출 수 있는 거야. 이미 늙어서 병든 이 지구가 자만의 극치를 달리고 달려서 지구 멸망의 날도 멀지 않았는데 말야. 인간들이 그걸 모른단 말씀이야. 근데 내 얘기가 왜 일루 막 튀고 있냐?"

갑자기 할 말을 잃은 선생이 맥 빠진 표정을 지었다.

"그걸 제가 어떻게 알겠습니까."

다시 집중해서 책을 들여다보고 있는데 볼펜으로 딱딱 소리를 내면서 사람 정신을 혼란스럽게 했다. 신경 쓰여서 문제 풀이 내용이 눈에 들어오지 않았다. 혼자 골똘히 뭔가를 생각하던 선생이 또 내 옆구리를 쿡 찔렀다.

"그런데, 그 극존칭 말투 좀 고치면 안 되냐. 정이 안 들잖아. 내가 완전 노땅 같고."

노랑머리도 내 말투 때문에 호호 깔깔거렸다. 도대체 왜 남의 말투 갖고 야단일까.

"제 말투가 이상합니까?"

"이상하지. 요즘 고딩들은 어른들한테도 말끝마다 씨불과 좆나를 남발하는데 누가 그런 극존칭을 쓰냐? 촌시럽게. 하긴 나도 고딩 때 그랬지만."

아무리 그래도 몸에 배서 잘 고쳐지지 않는 걸 어쩌라고. 고향 사투리 쓰지 않으려고 엄청 애쓸수록 이 말투는 더 버려지지 않는다. 잘못 버리려다간 애써 감추고 있는 사투리가 나도 모르게 튀밥처럼 마구 튀어나올까 봐 긴장하게 된다. 그게 문제다.

그런데 궁금하다. 공부방 도우미 선생은 나에 대해서 뭘 알고 있는지. 그냥 확 불어 버린다고 스스럼없이 친해지는 건가? 선생도 알면서 모르는 척 그냥 넘어가고 있는 것 같은 느낌을 받을 때가 있긴 하다. 궁금하면 나한테 먼저 묻든가. 비겁하다.

내 고민은 언제 우주 비행 멤버들한테 이 일을 확 말해 버리느냐는 거다. 드럼에 빠져들수록 내 고민은 깊어진다. 강제로 하는 것도 아니고 내가 좋아서 하는 거다. 하다가 마음에 안 들면 그만둘 수도 있지만, 돌이킬 수 없다면 그냥 미친 듯이 앞으로 가는 거다. 그러려면 나도 멤버들에게 감추는 게 없어야 하지 않을까. 이런 생각을 하면 떨린다. 밤엔 잠도 오지 않는다.

내가 만약 얘기한다면 걔들은 어떤 표정을 지을까?

"거 봐. 내가 첨부터 수상한 놈이라고 했지?"

아직도 나한테 까칠하게 구는 상휘. 안 봐도 뻔하다.

"헤헤헤. 그럼 그렇지. 쪼끄만 게 우리하고는 영 딴 나라에서 온 사람 같더라."

분위기 파악 안 될 때마다 상휘 뒤에 들러붙는 동구의 반응.

그런데 해나는 도무지 모르겠다. 해나는 무턱대고 손이 올라올지도 모른다. 내 뒤통수를 팍 치면서, 어쭈? 놀라서 눈이 동그래질 거다. 그런 다음에는? 상상이 안 된다. 겉으로는 소리를 지르고 욕설을 뱉으면서도 제법 누나 행세를 하느라 두 녀석들 편도 들어주는 해나가 어떻게 돌변할지. 곽밥은? 노랑머리가 곽밥과 내통하면서 이미 모든 걸 얘기했을 거다. 알면서도 무심한 척 능청스럽게 시치미를 뚝 떼고 있을 수도 있다. 만약 내가 내 입으로 발설해 버린다면, 우주 비행과 나는 어떻게 될까?

"나는 고아야, 우주의 고아!"

민우 형이 쉼터를 떠나면서 내게 한 말이 아직도 선명하게 박혀 있다.

이곳 아이들은 자신이 어느 나라 사람인지 고민하지 않는다고 했다. 당연히 자기가 태어난 나라에서 살고 있으니 고민할 필요가 없다는 것이다. 그 애들과 달리 형은 끊임없이 자신이 어디에서 왔는가를 고민했다고 한다. 나도 그렇다. 내가 태어나서 자란 내 고향이 마치 비현실적인 곳처럼 멀게 느껴질 때가 있다. 상휘 할머니의 기억 속에 있는 아주 먼 옛날의 이야기처럼 말이다. 통일이 되기 전에는 다시 돌아갈 수 없는 곳, 우리 가족이 도망치듯 떠나온 곳, 그렇다고 사라지거나 지워 버릴 수 없는 곳인데, 나는 아직 아이들에게 내 고향이 북쪽이라는 걸 말할 자신이 없다.

"나는 이쪽에서도 저쪽에서도 아무런 존재감이 없는 거야. 이쪽 아이들은 부모가 돌아가시면 이 나라의 고아일 뿐이지만, 나는 어느 나라 고아인지 그것까지 고민해야 돼."

그래서 민우 형은 늘 자신을 우주의 고아라고 말했다. 그땐 민우 형의 말을 어렴풋이 이해했지만, 이젠 매순간 형의 마음을 이해할 수 있다. 연습실에서 아이들과 신 나게 연주를 하고 있다가도 어느 순간 문득문득 나에게 묻게 된다. 너는 이 아이들과 같은 나라 사람인가? 그때마다 서늘한 바람이 내 등을 훑고 지나가는 것 같다.

나쁜 일은 예고 없이 불쑥 들이닥친다. 누나 행방이 묘연해졌단다. 어머니와 나는 언제 생길지 모르는 고난에 단련된 사람인데도 그 소식은 우리를 공포로 몰아넣었다.

텔레비전 뉴스를 봐도 한국의 정치나 사회 돌아가는 소식은 영어를 이해하는 것만큼이나 모르겠고 골만 아프지만, '탈북'이나 '북한' 어쩌고저쩌고 하는 소리만 나오면 내 눈은 저절로 텔레비전 화면에 붙들린다. 그건 어머니도 마찬가지다. 어머니는 출근하기 전까지 깨어 있을 때는 뉴스만 나오는 텔레비전 프로그램을 틀어 놓고 있다. 텔레비전에서 탈북에 관한 뉴스만 나오면 어머니 얼굴은 단박에 어두워진다. 한국으로 무사히 들어왔다는 사람들의 소식보다 중국 공안에 잡혀 북으로 강제 송환된 사례들이 더 많이 나오기 때문이다. 탈북

자들의 인권을 위해 활동하는 사람들 이야기가 나왔을 때도 어머니 얼굴은 편해 보이지 않았다.

"저렇게 떠들어 대면 안전을 누가 보장해. 한번 당해 보라. 당사자가 아니믄 그 속을 어째 아네. 몸값만 잔뜩 올려놔서리 나와도 알거지처럼 살아야 하는데 어째 저리 남의 속도 모르고 국제적으로 떠들어 대."

어머니가 그런 소릴 할 때면 나도 가슴이 철렁 내려앉는다. 중국에서 북송당한 경험이 있는 어머니가 제일 걱정하는 것도 누나가 북송을 당하는 일이다. 예전보다 북송의 대가가 더 혹독하다는 소식도 우리를 두렵게 한다. 어머니는 교화소에서 노동 교육을 받고 다시 우리에게로 돌아왔지만, 이제 누나가 북으로 잡혀간다면 영영 얼굴을 볼 수 없을지도 모른다. 어머니가 가슴 졸이며 복씨 아저씨를 통해 저우판 아저씨와 조용히 접촉하는 것도 다 누나의 신변이 위험해질까 두려워서다.

밴드부 연습실에서 혼자 드럼 앞에 앉아 있을 때만 해도 우리에게 무슨 일이 다가오고 있는지 몰랐다. 그 시간 어머니는 자고 있을 거라 생각했다. 새벽에 들어온 어머니가 깊이 잠들었을 때 혼자 늦은 아침을 챙겨 먹고 집에서 나왔으니까.

연습실은 다른 때보다 훨씬 깊게 느껴진다. 봄 햇살이 나른한 아파트 마당을 가로질러 올 때 똥색 소파 위에 게으르게 늘어져 기지개를 켜고 있는 고양이를 보면서 녀석 참 부럽다,

생각했기 때문인지도 모른다. 드럼 앞에 멍하니 앉아 있다가 툭툭툭 스틱으로 스네어 드럼을 먼저 때려 본다. 그러다 간신히 리듬을 잡았는데 다른 때보다 감이 떨어져 연습하는 재미가 덜하다. 이럴 때가 있다.

혼자 드럼을 치다가 어느 순간 동작을 딱 멈추고 주변을 둘러볼 때 아주 짧은 찰나에 스쳐 가는 느낌도 기분이 나쁘다. 중국에서 제3국으로 가기 전에 어머니와 갇혀 있던 중국인 할머니네 골방에 와 있는 듯한 착각이 드는 거다. 햇빛이 들어오는 조그만 창이 하나 뚫려 있었을 뿐, 전깃불도 없는 골방에서 밖으로는 한 발짝도 나가 보지 못하고 갇혀 있었다. 우리 집처럼 내 물건이 있고, 어머니의 체취가 있고, 익숙한 집기들이 있고, 언제든 내 맘대로 드나들 수 있다고 보장된 곳이 아니라면 밀폐 공간은 앰뷸런스의 경보음처럼 불쑥불쑥 나를 두려움에 몰아넣는다. 그 찰나의 순간에 언제나 떠오르는 건 누나다. 아무도 모르는, 세상에 몇 사람만이 알고 있는 '어떤' 장소에 누나가 있을지도 모른다는 생각이 들면 드럼이고 뭐고 때리고 싶은 생각이 없어진다.

그래서 연습실을 나왔다. 겨우 30분쯤 연습실에 있었다. 집에 가서 물이라도 한잔 먹든가, 빈둥거리다 오든가, 연습에 신명이 붙지 않을 땐 연습실을 벗어나는 길밖에 없다. 그런데 집 안 공기가 심상하지 않다.

"대체 이 일을 아저씨가 모르면 누가 압네까?"

전화 통화를 하는 어머니의 목소리가 겁에 질려 있다. 순간적으로 누나에게 무슨 일이 생겼을지도 모른다는 생각이 퍼뜩 스치고 간다. 차분한 성격의 어머니가 허둥대며 통화를 할 일이란 없기 때문이다. 전화기를 붙든 채, 집 안으로 들어서는 나를 쳐다보는 어머니의 얼굴이 창백하다.

"무슨 일 났습네까?"

내 말에 대답은 없이 어머니는 갑자기 전화를 뚝 끊는다. 그러곤 다짜고짜 옷을 주워 입는다. 파자마 차림으로 바짓가랑이에 다리를 끼워 넣느라 헛발질을 한다. 대충 바지를 껴입은 어머니가 웃옷을 꿰며 현관으로 달려 나간다. 나는, 휘청거리며 자꾸만 고꾸라질 듯한 어머니를 부축해 엘리베이터에 올라탄다.

"이 일을 어쩌네, 이 일을."

엘리베이터 안에서 어머니는 같은 말만 반복한다.

아파트 마당을 가로질러 어머니는 3동으로 들어가더니 복씨 아저씨네 집 문을 쾅쾅 두드린다. 복씨 아저씨가 문을 연 순간 어머니는 나를 끌고 집 안으로 들어간다. 복씨 아저씨는 소주 한 병을 놓고 마시고 있던 참이다. 어머니가 상 앞에 털썩 주저앉는다.

"전화로 한 말이 무슨 말이오. 말해 보시라요. 우리 예림이, 예림이 행방이 묘연해졌다니……."

어머니가 덜덜 떤다. 그 말을 듣는 순간 알 수 없는 두려움이 내 몸을 확 덮친다. 어머니 옆에 우두커니 선 나도 어머니처럼 떨고 있다.

"말했잖소. 나도 그놈한테 전화질 숱해 해 봤다고. 그놈도 운신이 자유롭지 못하게 됐다니 조만간 예림일 찾으면 연락 준댔소. 그러니 기다려 보자고요."

아저씨가 말하는 그놈이란 저우판 아저씨를 얘기하는 거다. 아저씨는 이 마당에도 비어 있는 잔에 술을 따른다. 어머니가 아저씨 손에 들린 술잔을 뺏듯이 잡아챈다.

"어째 기다리란 말만 하오. 내가 물어보지 않았으믄 입 꽉 다물고 나한테 거짓부렁 하고 있을 생각이었잖습메까. 세상에 믿을 사람 하나 없다더니만, 이렇게까지 사람 애간장을 말릴 순 없단 말이지. 우리가 어케 여기까지 왔습네까. 우리한테 어케 이렇게까지 속일 수 있습네까. 말 좀 해 보시라요. 지금 태평하게 술이 들어갑네까? 우리 예림이, 예림이······."

술잔을 바닥에 탁 내려놓은 어머니가 가슴을 탕탕 친다. 복씨 아저씨가 천장을 향해 허, 짧은 탄식을 내뱉는다.

"예림이 신원을 지켜 준다해서리 월급 받은 걸 다 털어 게지고 아저씨 이름으로 중국으로 보냈잖습네까. 우리 예림이가 어찌 된 줄도 모르면서 거짓부렁으로 돈 부치라 했소? 그놈하고 짜고선 돈을 빼돌렸시오?"

어머니의 말이 널뛰듯이 마구 흔들린다.

"말조심하오. 내가 개망나니 사기꾼인 줄 아오. 나도 수십 번 전화질을 했댔소. 어케 이렇게 됐는지 나도 몰라!"

아저씨가 술병으로 바닥을 탁 치며 버럭 소리를 지른다. 짐승의 눈에 불이 붙은 것처럼 아저씨 눈알이 희번덕거린다.

"몰라? 기럼 누가 압네까. 사람 속 터져 죽는 꼴 봐야 말을 하갔습네까? 그 돈이 어떤 돈인지 승규래 넌 알잖니? 옆에 끼고 있는 너 학원도 못 보내고 모은 돈이야. 잠 한숨 안 자고 밤에 술손님 시중드는 일은 아무나 하는 일인 줄 압네까. 짐승이 아니고 사람이믄……."

어머니 숨이 꼴깍 넘어간다.

나는 부르르 주먹을 쥔다. 이럴 때 내가 열일곱, 아니 열아홉 살밖에 안 됐다는 게 억울하다. 미친 사람 행세로 멀쩡한 사람 가슴을 도려내는 복씨 아저씨를 발로 확 걷어차 버리고 싶지만, 나는 꼼짝도 못한 채 부르르 떨고만 있다.

"나를 몽둥이로 개 패듯이 때리든지 죽이든지 맘대로 하라. 지금 여기서 나 쥐고 흔들어 봐야 아무것도 나오는 게 없어."

"우리 예림이 찾아내오. 그 아일 찾지 못하면 가만있지 않을 거요. 내가 그놈을 찾아가서리……."

가슴을 쳐 가며 우는 어머니를 겨우 달래 아저씨 집에서 나왔다.

복씨 아저씨네 집에서 나온 뒤 이불을 뒤집어쓰고 누웠던 어머니는 악착같이 출근한다. 허청거리는 걸음으로 겨우 집을 나서는 어머니는 마치 헛것 같다. 내가 할 수 있는 일은 아무것도 없다. 멍하게 앉아 있던 나는 무작정 밖으로 뛰쳐나온다. 막 어머니가 올라탄 버스가 떠나고 있다. 나도 버스를 따라 뛰기 시작한다. 어디로 가겠다는 생각은 없다. 머릿속에서 앰뷸런스가 운다. 누나가 식당에서 안전하게 일하고 있다는 소식만 믿고 있었는데 그게 다 거짓말이었다. 뛰다가 나는 우뚝 멈춰 선다. 어머니가 탄 버스가 사라지고 나자 갑자기 눈앞이 캄캄해진다. 어머니도 지금 나와 같은 심정일 거다.

나는 무작정 전철역으로 가는 버스를 탄다. 지금 내 머릿속에 떠오르는 건 민우 형뿐이다. 서울은 그리 먼 곳이 아니다. 지금 내가 갈 수 있는 곳도, 가고 싶은 곳도 민우 형이 있는 곳밖엔 없다. 그동안 왜 형을 찾아가 볼 생각을 못했던 건지.

버스를 타고 형에게 전화를 걸었더니 마침 형은 내 전화를 기다리고 있었던 것처럼 반가워한다.

"야, 오랜만이다야. 어쩐 일이냐?"

시끄럽게 끓는 소음 때문에 형의 목소리가 제대로 들리지 않는다.

"형이 보고 싶어서요."

보고 싶었다. 아무한테나 하는 말이 아니다. 보고 싶다는 말은, 생각보다 쉽게 나오지 않고 가시처럼 목에 걸리는 말이다. 누군가에게 의지하고 싶은 절박한 순간이 왔을 때 나도 모르게 그 말이 튀어나온 거다.

전철 1호선에 올라탔을 때야 조금 마음이 가라앉는다. 하지만 그것도 잠시 2호선으로 갈아타고 형이 일하고 있다는 홍대역으로 가면서 나는 또 다른 국경을 넘는 기분이다. 뇌세포처럼 얽혀 있는 지하철의 노선도를 들여다보면서 느낀 공포보다 이곳에서 나는 아무것도 아니라는 소외감이 나를 치고 들어온다. 쉼터 아이들과 전철로 나들이를 하고, 지하철 이용하는 법을 공부했지만, 그때는 옆에 의지할 누군가가 있었기 때문에 그다지 문제가 되지 않았다. 2호선에서 내려 형이 말한 입구를 찾아 지상으로 나왔을 때, 나는 그만 그 자리에서 집으로 돌아가고 싶었다.

춤을 추다 말고 형은 거인처럼 나를 맞는다. 상체를 숙여 털이 달린 짐승의 긴 팔을 내민다.

"반갑다야, 반가워."

형은 내 손을 잡고 오래 흔든다. 지나가던 사람들이 형과 나를 쳐다본다. 내 손을 놓자마자 형은 쾅쾅거리는 음악에 맞춰 다시 춤을 춘다. 나는 거인 왕국의 기린이 춤을 추는 모습을 턱을 쳐들고 올려다본다. 형은 팔다리를 꺾고, 턴을 하고 앞뒤로 좌우로 고개를 돌리며 둔하지만 절도 있게 마디를 꺾어 춤을 춘다. 나는 얼떨떨한 기분을 떨치지 못한다. 내 머릿속에 그려 보던 형과는 너무나 다른 모습이다.

형은 그 거리 앞을 춤을 추며 오간다. 어디서 쏟아져 나오는지 모를 사람들이 파도처럼 몰려다닌다. 지나가는 사람들이 손을 내밀면 형은 손을 뻗어 악수를 한다. 두 손을 활짝 펴 팔랑팔랑 흔들기도 하고, 무릎을 구부리고 허리에 두 손을 얹은 채 귀여움을 떨기도 한다. 그러는 사이사이 춤을 추고, 그러는 사이사이 가게 선전을 한다.

"어머, 웃긴다야, 나는 저런 캐릭터는 딱 밥맛인데."

빨대로 커피를 쪽쪽 빨면서 지나가는 여자들의 말소리가 내 귀에 꽂힌다. 그래도 형은 아랑곳없이 음악에 맞춰 춤을 추고 지나가는 사람들에게 손을 내민다.

거리의 키다리 피에로.

형은 홍대 앞의 유명한 선전 용사가 되어 있다.

거리에서 형을 만난 지 한 시간이 지나서야 앉아서 쉴 수 있는 시간이 생겼다. 가게 뒤로 돌아가자 비닐로 엉성하게 칸막이를 쳐 놓은 좁은 공간이 나온다. 형은 두 다리를 쭉 뻗고 앉는다. 항공모함처럼 생긴 크고 단단한 신발이 달린 긴 다리가 비닐 문 끝에 닿는다. 형이 내게 간식으로 나온 햄버거를 하나 건넨다.

"형, 행복해요?"

형이 웃는다. 줄무늬 페인팅으로 분칠한 얼굴은 영락없는 기린이다. 머리칼이 땀에 젖어 축축하게 이마에 들러붙었고, 눈을 끔뻑일 때마다 속눈썹이 아래위로 맞붙어 잘 떨어지지 않는다.

"행복해서 일하는 게 아니라, 내가 좋아하는 일을 해서 행복한 거지."

형이 이를 드러내며 웃는다. 형이 바지를 걷어 올려 로봇처럼 사다리가 달린 모형 다리를 보여 준다. 여덟 시간 동안 길거리에 서서 춤을 추고 옷을 벗을 때야 신발을 벗을 수 있다고 한다. 형은 우걱우걱 햄버거를 욱여넣는다. 입을 크게 벌릴 때마다 분칠한 입이 가로로 쭉 찢어져 피가 흐르는 것처럼 보인다.

"거리에서 일하는 게 정말 형이 좋아하는 일입니까?"

"춤추는 거니까."

"사람들의 구경거리잖습니까?"

"어쨌든 내 춤을 구경하는 거잖아."

간식 시간이 지나자 형은 다시 길거리로 나가 춤을 춘다. 밀림처럼 끝없이 이어지는 번쩍거리는 간판 불빛과 수많은 사람들 때문에 어지럼증이 인다. 이리저리 사람들에 휩쓸리며 나는 그 거리를 헤맨다. 그 거리 어디에서나 형은 눈에 띈다. 2미터 가까운 거인 피에로. 지치고 피곤해도 형은 얼굴을 찡그리지 않는다. 입이 찢어져라 웃으며 사람들과 악수한다. 형의 춤은 지나가는 사람들의 뜨거운 시선을 끌지만, 내 눈엔 가짜 키를 높인 우스꽝스러운 피에로일 뿐이다.

나는 집으로 돌아갈 기분이 아니다. 일이 끝난 형에게 하룻밤 신세를 지겠다고 하자 형이 묻는다.

"어머니랑 싸우고 나왔냐?"

"아닙니다."

"얼굴엔 무슨 일이 있다고 씌어 있어."

형이 내 어깨를 툭 치며 웃는다.

형의 집은 비탈진 골목에 있다. 일곱 칸의 시멘트 계단을 밟고 지하로 내려가자 조그만 알루미늄 새시 문이 나온다. 형은 어깨를 숙여 집 안으로 들어간다. 집은 눅눅하고 어둡고 우리 집보다 좁다. 이곳에서 남자들만 넷이서 산다고 한다. 두 칸짜리 방은 발 디딜 틈이 없다. 나는 널린 옷가지들을 대충 치우고 침대에 걸터앉는다. 앉을 만한 곳이 마땅치 않다.

"여긴 내 집 아니야. 아무나 형편 되는 대로 들어와 살면 되는 기야."

인터넷 채팅방에서 만난 형편 맞는 사람들끼리 방값을 내고 같이 지내는 곳이라고 한다. 일정한 주거 없이 아르바이트 자리를 따라다니며 임시 거처를 마련하고 일도 그런 식으로 구한다. 형과 같이 사는 친구들은 행사장 아르바이트를 맡아 지방에 내려갔다고 한다.

"유목민처럼 사는 거이지, 이게."

"형이 이쪽 사람이 아니라는 걸 압네까?"

"여기 아이들, 기딴 건 관심도 없어."

형은 아무렇지도 않게 말한다. 형이 말한 유목민이란 말이 목에 걸린다. 형의 말마따나 형은 한곳에 정착을 못하고 우주의 고아처럼 떠돌고 있다는 말이다.

"저는 잘 안 됩니다. 거짓말을 하는 것도 아인데, 자꾸 걸려

서리."

"너무 복잡하게 생각하지 마라. 남들이 묻지 않는 걸 혼자 오래 고민하고 있어 봤자 괴롭기만 하지. 나도 이젠 기딴 거 생각 않고 내 생각만 하기로 했어."

정말 형은 그렇게 생각할까?

"너, 고민이 그거네?"

형이 나를 빤히 쳐다보며 묻는다. 누나의 행방이 묘연해졌다는 사실에 비하면 그런 문제 따윈 아무것도 아닌 것처럼 느껴진다.

"니가 보기엔 내가 길거리에서 팡팡 터지는 음악에 춤이나 추면서 선전하는 일에 괴로움도 없는 것 같지? 나도 너만큼이나 고민하고 살아. 아무리 힘들어도 내가 버리지 않고 잊지 않는 줏대는 하나 있어. 그건 내 고향을 잊지 않는 거고, 가슴 속에 깊이 묻어 둔 걸 잃어버리지 않기 위해 땀 흘리면서 열심히 사는 거야. 그러다 보면……."

형은 침대 위에 다리를 올려놓고 맨발을 내게 보여 준다. 엄지발가락 아래 불룩 튀어나온 발바닥이 거친 굳은살투성이다. 발가락뼈 마디들도 툭툭 불거졌다. 얼마나 시멘트 바닥을 비비며 춤을 추면 발이 저렇게 될까. 형의 발은 험한 길을 오래 행군한 사람처럼 거칠다.

"이까짓 춤, 안 춰도 살 수 있어. 길거리에서 춤추면서 사는 거, 누가 인정해 주냐. 여기 아이들 중엔 나하고는 비교도 안 되게 재주도 좋고 운도 좋은 애들이 많아. 내 춤을 보고 족보도 없는 춤이라고 놀리기도 해. 근데 내가 왜 춤을 추느냐면…… 살아 있으니까. 살아 있는 목숨이니까……. 나는 그게 신기해."

형은 이야기를 하다 말고 부엌으로 나가 라면 끓일 물을 올린다.

"춤을 추든 자동차 정비를 하든, 중국집에서 배달을 하든 줏대만 있으면 돼. 그거면 부끄러울 거 없어. 너는 부끄럽네? 남보다 못한 거 같아서? 그건 개나 물어 가라 기래."

형은 짐짓 목소리를 높였지만, 그 자신감 속에 외로움이 묻어난다.

라면으로 늦은 저녁을 먹고 형과 한 이불을 덮고 누웠다. 낯선 방이라 잠이 오지 않는다. 누나 걱정이 새삼 덮쳐 온다. 나는 자꾸 몸을 뒤척인다. 누나 때문에 몸도 가누기 힘들어 하던 어머니가 식당에 나간 걸 생각하면 울컥울컥 누구에겐지 모를 울분이 북받친다. 내 안에서 끓고 있는 이 울분을 어디다 뱉어야 할지 알 수 없다.

"누나 행방이 묘연해졌담다."

나는 어두운 천장을 빤히 바라보다 숨을 크게 내쉬며 말한다. 가슴에서 울컥 뜨거운 것이 올라온다. 돌아누워 있던 형이 내게로 몸을 돌린다.

"그것 때문에 얼굴이 어두웠구나. 흠!"

민우 형도 한숨을 내쉰다.

"승규야!"

"예."

"내가 처음으로 국경을 넘은 게 열다섯 살 때야. 길림성에서 떠돌아다니다가 고향으로 가고, 고향에서 다시 중국으로 나오고 두 번이나 기랬지. 나도 기때 북송을 당했더랬어. 긴데 어리니까 기냥 놔준 기야. 배곯아 죽는 것에 비하믄 기깟 북송당하는 것쯤 하나도 안 무서웠지."

그런데 지금은 그때와 사정이 많이 달라졌다고 어머니가 말했다. 어머니도 북송을 당해 봤지만, 우리처럼 가족이 한국으로 들어간 경우, 누나가 중국 공안에 잡히면 치명적이다. 어머니가 두려워하는 것도 그거다.

"두 번째로 중국에 나왔을 땐 생각이 좀 달랐어. 국경 근처 들판에서 잠을 잔 적이 있는데 여름인데도 추웠지. 배가 고팠으니 아마 춥게 느껴졌을 기야. 긴데, 저 먼 하늘에서 별똥별이 떨어지는데, 내 눈에 화살처럼 박히는 것 같았어. 어찌나 빠른지 눈 깜빡할 새에 떨어진 기야. 기때 눈을 깜빡거리면서 자리에서 벌떡 일어나 앉았지. 저 별똥별이 있는 데를 찾아가 보자. 일단은 거기까지 가 보자."

형이 쿡쿡 웃는다.

"기땐 무작정 걸었어. 어디서 그런 힘이 솟구쳤는지 모르겠지만, 거기에 주저앉아 있다간 영원히 어둠 속에서 빠져나오지 못할 거라고 생각한 기야. 그런데 여기서 이렇게 살아 있잖아. 그게 신기해. 죽었다 생각했는데."
　형의 목소리가 가라앉는다. 민우 형이 국경을 넘나들 때, 나는 내가 살고 있는 곳을 떠나 국경을 넘는 일은 상상도 하지 못했다. 국경을 넘는다는 것이 어떤 의미인지, 그다음에는 무슨 일이 기다리고 있는지, 민우 형이 겪은 어둠 속을 내가 지나오게 될 줄은 몰랐다. 그래도 내겐 어머니가 있고 누나가 있었다. 가족이 아니었다면 나는 민우 형처럼 나 홀로 국경을 넘을 생각은 꿈에도 품지 못했을 거다.
　"나는 기때부터 국경에서 아주 멀리, 중국 내륙 깊은 곳으로만 들어갔댔어. 살려고 말이야. 나는 혼자였지만, 너희 누난 가족이 있잖네. 어머니가 누날 구해 낼 거잖아. 기러니 너무 걱정 마."
　나는 형의 말에 참고 있던 숨을 훅 내쉰다. 뜨거운 것을 가라앉히느라 이를 악문다. 형의 말대로 누나는 혼자가 아니다. 누나가 그걸 잊지 않고 견뎌 줬으면 하고 빌 뿐이다.
　"형!"
　"생각은 내일 하고 그만 자라."
　형이 잠긴 목소리로 중얼거리며 돌아눕는다.
　그냥 한번 불러 봤다. 낯선 방이라 통 잠이 올 것 같지 않다.

　나는 곧장 복씨 아저씨네로 간다. 누나의 행방을 찾으려면 어떻게 해야 하는지, 아저씨에게 묻고 싶다. 어떤 일이 있더라도 누나를 찾아내야 한다고 소리라도 질러야 불끈거리는 속이 가라앉을 것 같다.
　'어머니 걱정 마시라요. 민우 형이랑 하룻밤 자고 내일 들어가갔슴다.'
　어머니에겐 어젯밤에 휴대전화로 문자를 보냈다. '어머니 걱정 마시라요.'는 나를 걱정하지 말라는 뜻이 아니라, 누나 일이 잘될 거라는 말이었는데 어머닌 아마 내 마음을 제대로 몰랐을 거다. 알았다고 해도 어머니에겐 손톱만큼의 위로도 되지 못할 말이다. 아침에 일어나 휴대전화를 열어 보니 조심해서 들어오라는 답이 찍혀 있었다.

민우 형과 헤어져 집으로 돌아오면서 나는 한 가지 생각에만 몰두했다.

아저씨를 만나야 한다!

나는 주먹으로 복씨 아저씨네 출입문을 쾅쾅쾅 두드린다. 안에서 아무런 소리도 없자 연거푸 문을 세차게 두드린다. 속에서 불이 올라온다. 다시 주먹으로 문을 친다. 쾅쾅 소리가 복도에 울려 퍼진다. 그때 옆집 문이 열리고 미간을 잔뜩 찌푸린 낯선 사내가 얼굴을 내민다.

"뭐야! 뭔데 시끄럽게 문을 두드려!"

다람쥐처럼 얼굴이 조막만 한 사내는 대뜸 소리부터 질러 댄다. 나는 사납게 삐드러진 대문니를 드러낸 사내를 흘끔 쳐다본다.

"이런 생쥐 같은 놈. 어른한테 눈을 까뒤집구선. 넌 뭐야, 새꺄."

사내가 문 밖으로 몸을 한 발짝 내밀고 눈을 부라린다.

쾅쾅쾅.

나는 사내 말을 무시하고 다시 문을 두드린다. 그래도 아저씨는 아무런 반응이 없다. 잘못한 게 있으니까 피하는 거지, 아저씨가 정말로 저우판 아저씨와 짜고 어머니 돈을 빼돌렸나? 누나 행방도 모르면서? 그게 누나 목숨이 달린 돈인데…….

"이 짜식이, 사람 말이 말 같잖나. 야, 시끄럽다고. 저리 꺼지라고!"

한 번만 문을 더 두드리면 사내가 내 모가지라도 잡고 내동댕이칠 기세다. 나는 입술을 사리물고 다시 문을 두드린다. 쾅, 하고 문을 두드리는 순간 내 머리통에 번갯불이 번쩍 인다. 나는 천천히 고개를 들어 사내를 쏘아본다.

"아니, 이 자식이."

사각 팬티 차림인 사내의 손엔 불붙은 담배가 끼워져 있다. 아마도 집구석에서 다른 일로 열 받았던 게 분명하다. 그렇잖다면 대낮에 팬티 바람으로 달려 나와 내 머리통을 갈길 이유가 없다. 나처럼 문 두드리는 소리나 앰뷸런스 소리에 주눅이라도 들 만큼 뭔가가 있는 사람이든가.

내 의도는 복씨 아저씨네 옆집 사내를 불러내자는 게 아니다. 그리고 대낮부터 낯 모르는 사내한테 뒤통수나 얻어맞을 생각은 조금도 없었다. 나는 눈을 부릅뜨고 사내를 노려본다. 나한테 한 번만 더 손찌검을 하면 나도 그땐 가만있지 않겠다는 뜻이다.

"별노무 새끼를 다 보네. 야, 너 여기 이북 떨거지네 집구석에 뭔 볼일 있냐? 하여튼 이상한 인간들이 들어와 살면서 되는 일이 없어요, 되는 일이."

사내가 담배꽁초를 슬리퍼로 짓뭉개며 느물거린다.

"아저씨, 말 다했습니까?"

나는 사내 턱밑까지 바싹 다가서서 3동 복도가 울리도록 악을 쓰며 소리친다. 내 주먹이 부르르 떨린다.

"햐, 요놈 봐라. 요 새끼, 어른한테 제대로 대드네."

"이북 떨거지가 어쨌습니까? 이북 떨거지가 아저씨 일을 훼방 논 적이 있습니까?"

이북 떨거지라는 말을 목구멍으로 밀어 올릴 때마다 나는 목에 힘줄이 도드라지도록 턱을 악문다. 분이 삭지 않아 턱이 떨린다. 그때 "승규!" 하고 부르는 소리가 뒤통수에 와서 꽂힌다. 힐끔 돌아보자 1층 엘리베이터 앞에 노랑머리가 서 있다.

"아저씨, 왜 애먼 애한테 손찌검이에요?"

목에는 사무원 명찰을 걸고, 한 손에는 검은색 표지의 장부 같은 걸 든 노랑머리가 이쪽으로 걸어오며 소리친다.

사내가 주춤했던 건 팬티 바람이라는 자신의 몰골을 의식해서지 노랑머리가 한 말 때문이 아니란 걸 안다. 나는 노랑머리에게서 시선을 거두며 "개새끼."라고 낮게 내뱉는다. 속에서 받친 울화가 미처 삭지 않아서다. 그때 다시 한 번 내 뒤통수에 번쩍 불이 붙는다.

"보자보자 하니까, 어린 놈의 새끼가."

나는 내 눈앞으로 올라온 사내의 팔목을 거머쥔다. 내 뒤통수를 갈긴 팔모가지를 비틀어 버릴 심산이다.

"내가 이놈을 그냥!"

사내가 잡힌 팔목을 흔들며 눈알이 튀어나올 정도로 흥분해서 소리친다.

"그만하시라니까요. 폭력을 쓴 건 아저씨잖아요!"

노랑머리가 사내의 팔목을 비틀어 내 손목을 잡아챈다. 그러곤 안간힘을 다해 나를 끌어낸다.

"아유, 아침부터 재수 없게. 대체 저것들은 뭐 하는 것들이야."

나한테서 떨어져 나간 사내가 노랑머리 등 뒤에서 퉤, 침을 뱉는다.

내가 힘이 없어서 노랑머리에게 끌려 나온 게 아니다. 노랑머리 정도는 제압하고 사내와 오지게 한판 붙을 수도 있다.

"이게 웬 날벼락이니. 저런 몰상식한 사람은 상종을 말아야 돼."

노랑머리는 나를 끌고 나가며 분을 참지 못해 씩씩거린다.

"근데 대체 무슨 일로 103호 문을 그렇게 두드렸냐?"

대답하고 싶지도 않다. 아파트 마당으로 끌려 나와서야 노랑머리 손을 뿌리친다.

"박승규!"

노랑머리가 쫄쫄거리며 따라와 내 옷자락을 잡는다.

"나랑 얘기 좀 하자. 이러고 들어가 버리면 어떡해."

"일없습니다."

"나는 일 있어. 일루 좀 와 봐."

노랑머리가 나를 끌고 간 곳은 아파트 뒤란의 나무 그늘에 있는 작은 벤치다. 노랑머리가 나를 억지로 벤치에 눌러 앉힌다. 그러곤 나를 마주 보고 선다.

"빨리 말하십시오. 어머니가 기다립니다."

"너 정말 별일 없어?"

"……."

"나 같아도 무지 빈정상하는 일이지만, 그렇다고 어른하고 맞붙으면 네가 손해야. 막말로 어른을 마구 칠 수는 없잖아. 아무리 개차반 같은 인사라도 말야. 네 맘 충분히 이해해. 근데 복장호 씨한테 무슨 볼일 있었니?"

복씨 아저씨 이름까지 노랑머리는 알고 있다. 하긴, 사무원들은 다 한 패거리라니까. 그런데 지금 내가 여기서 노랑머리한테 왜 복씨 아저씨를 찾아갔는지 말해야 하나? 노랑머리는 나를 빤히 바라보며 내 대답을 기다리고 있다.

"나도 복장호 씨한테 볼일 있었는데 못 만났어. 아침 일찍 가 봤거든. 무슨 일이니? 알아야 도와주든지 말든지 할 거 아냐."

"선생님이 뭘 어떻게 돕는단 말입니까?"

나는 화가 나서 소릴 내지른다. 어머니 속을 새카맣게 태워 놓고 아저씨가 도망이라도 간 건가?

"할 수 있는 일이면 돕는 거지."

"중국에 있는 누나 행방이 묘연해졌답니다. 얼마 전엔 어머니가 돈까지 보냈는데."

노랑머리의 속눈썹이 심하게 깜빡거린다. 할 말이 궁색할 때, 어떻게 대처해야 할지 몰라 난처하다는 뜻이다. 사실, 노랑머리한테 기대하는 건 아무것도 없다.

"너한테 누나가 있는 줄은 몰랐어. 더구나 그런 일이 있는 줄은."

노랑머리가 걱정스러운 표정으로 목소리를 낮춘다. 내가 그랬잖나. 노랑머리, 당신이 도울 수 있는 일이 아니라고. 어딘가에 머리카락도 안 보이게 꼭꼭 숨어 있을지도 모를 누나를 아무나 찾아내면 그게 오히려 더 이상한 일이다. 나는 그렇게 믿고 싶다.

"어머니가 애가 많이 타시겠구나. 복장호 씬 누나 일 때문에 그렇게 찾았던 거니?"

나는 노랑머리의 눈길을 피해 신발 코로 애꿎은 바닥 흙만 툭툭 차 댄다.

"승규야!"

노랑머리는 다른 때 같지 않게 흠흠, 목소리까지 다듬어 가며 나를 불러 놓고 뜸을 들인다.

"내가 다른 애들보다 너한테 더 많이 마음 쓰고 있는 거 알지?"

그걸 꼭 말로 해야 하나. 듣는 사람 민망하게. 자기 구역 애들이면 아무 애들한테나 그냥 좋아서 입이 헤벌어지는 사람이. 팔랑거리면서 소리나 지르는 게 낫지 진중해지는 이 품새는 노랑머리한텐 어울리지 않는다. 노랑머리가 내 어깨에 손을 올려놓는다.

"음, 나는 승규 네가 내 의견에도 따라 주고 조금씩 이곳에 익숙해지는 것 같아서 마음이 놓였어. 툭툭거리긴 해도 네 마음이 따뜻하다는 것도 알고. 근데 정작 네가 필요할 때 큰 도움이 못 돼서 정말 미안해. 누나 얘길 들으니까 한없이 미안해지는 거 있지. 내가 아무 도움도 못 된다는 게 정말 미안해."

"됐슴돠!"

나는 어깨에 걸쳐진 노랑머리의 손을 걷어 내고는 자리에서 일어선다. 퉁명스럽게 받아쳤지만 내 어깨에서 느껴지던 노랑머리의 손길, 싫지 않았다. 내 마음을 들키지 않으려고 나는 빠른 걸음으로 걷는다.

"승규야!"

아파트 마당을 가로질러 가던 나는 그 자리에 멈춰 서서 뒤를 돌아본다.

"힘내! 잘될 거야."

노랑머리가 머리 위로 손을 뻗어 흔들어 대고 있다.

고개를 숙이면 눈물이 떨어질 것 같아 나는 고개를 더 빳빳이 쳐든 채 엘리베이터 안으로 들어선다. 엘리베이터 문이 닫힐 때 나도 모르게 눈물이 뚝 떨어진다.

 민우 형을 만나고 돌아온 뒤 밴드부 연습실엔 가지 않았다. 공부방도 가지 않았다. 복씨 아저씨는 그 후로 한 번 더 찾아가 봤는데 코빼기도 보지 못했다. 복씨 아저씨네 옆집 사내가 신경 쓰여서 초인종만 눌렀다. 똥이 더러워서 피하지 무서워서 피하는 건 아니니까. 어머니는 전과 다름없이 출근했다. 뭔가 우리에게 큰일이 일어났는데도 어머니와 나의 하루하루는 별로 변한 게 없다. 출근하면서 어머니가 내게 하는 말도 여전하다.
 "걱정 말고 너는 네 할 일이나 하라."
 어머니가 '네 할 일'이나 알아서 하라고 하는데도 나는 집 구석에 콕 처박혀 빈둥거리기만 한다. 노랑머리가 나를 끌어내려고 전화를 하고 문자메시지를 보냈지만 대답하지 않았다.

그런데 기어코 노랑머리가 집까지 찾아왔다. 하여튼 질긴 여자다.

"말 안 해도 지금 네 심정이 어떤지는 알아. 그런데 승규야, 이런 말 하면 정말 서운하게 들릴지는 모르지만, 너는 네 할 일을 책임감 있게 했으면 좋겠어. 특별히 너한테 부탁하고 싶어. 내 말 무슨 말인지 알지?"

밴드부 연습실 앞에서 헤어지며 노랑머리도 어머니가 했던 말을 한다. 근데 나 자신을 위해서 드럼을 열심히 하라는 건지, 선생님 얼굴에 먹칠하지 말고 낯을 좀 세워 주라는 말인지 저의를 잘 모르겠다.

합주 연습을 안 하고 한 주가 흘러가는 새에 멤버 하나가 빠졌다. 동구가 다른 동네로 이사를 갔단다. 곽밥은 이 빠진 모양새가 한심한지, 야구 모자만 벗었다 뒤집어썼다 한다. 노랑머리가 집까지 나를 찾아온 이유를 이제 알겠다.

"공연해, 말아?"

손가락으로 탁자를 톡톡 치는 곽밥의 이마에 신경질적인 주름살이 쫙 깔려 있다.

"왜 우리한테 물어요?"

입을 뾰로통하게 내민 해나의 대꾸.

"겨우 조직해서 이제 제대로 연습 좀 하나 했더니 사람 맥 빠지게 만드네. 승규, 너도 안 할 생각이냐?"

나는 할 말 없다. 내 생각도 오락가락하니까.

"상휘는?"

곽밥의 이맛살이 꿈틀거린다. 내 잘못도 아닌데, 꼭 나 때문에 일이 틀어진 것 같다.

"에이 씨, 그냥 해요. 샘이 베이스 기타 맡으면 되잖아요."

상휘가 인상을 꽉 구기며 짜증을 지른다.

"그러네. 샘이 하면 되겠네요."

해나까지 거든다.

"이게 동네 놀이터에서 하는 야구 게임이냐? 애어른 모양새도 없이 아무렇게나 하게."

"애개개, 말씀 참 이상하게 하시네요."

"말인즉슨 그렇다는 거지."

"못할 것도 없잖아요. 아님 이사 간 동구 불러다 하시든지."

곽밥과 전면적으로 맞서서 말대꾸를 하는 건 해나다. 고개를 빳빳하게 쳐들고 전혀 기죽은 기색이 아니다.

"동구는 동구라고 동쪽 끝으로 갔는데 걔가 여길 어떻게 와?"

상휘와 해나가 히죽거리며 웃는다. 이 와중에도 농담이 하고 싶고, 웃음이 나오나? 눈치가 없으면 숟가락에 붙은 밥풀도 못 얻어먹는다더니 나만 심각하다.

"야, 너네는 껌딱지처럼 꼴불견으로 맨날 붙어 다녔으면서 의리 없이 뭐 그러냐. 걔 가서 꼬드겨서라도 데리고 와."

해나가 느닷없이 상휘한테 소리를 꽥 지른다.

"시끄러. 말이 되는 소리를 해라. 떠난 놈은 안 붙잡는다. 있는 니들이나 제대로 해."

베이스 기타는 빠지고 드럼과 전자 기타, 키보드 셋이서 우주 비행을 해야 할 판이다. 동구가 빠지는 바람에 내 고민은 앞대가리도 못 꺼내 보고 쑥 들어간다. 선택의 여지가 없다.

마지못해 곽밥이 베이스 기타를 멘다. 소리, 훨씬 좋다. 박자, 탈 없이 잘 간다. 삑사리가 안 난다는 거다. 삑사리라는 단어, 네박사에 있다. 뭐든 묻는 대로 척척 답을 주는 네박사도 사실은 별로 쓸모없다. 네박사에선 우리 누나를 절대로 찾을 수 없으니까.

한창 연습에 열을 올리고 있는데 문을 빠끔 열고 들여다본 노랑머리가 "간식으로 떡볶이 쏠게." 하고는 얼른 문을 닫는다. 노랑머리가 사무실 부엌에서 볶아 오는 떡볶이, 두어 번 먹어 봤는데 맛이 별로다. 배고프니까 할 수 없이 먹어 주지 맵고 짠 걸 또 어떻게 먹느냐고 해나와 상휘가 연주를 하면서도 툴툴거린다.

그런데, 오늘은 제대로 쏠 모양이다. 연습이 끝나자마자 노랑머리가 우주 비행 멤버들을 끌고 분식점으로 앞장선다. 나도 먹는 거엔 별수 없이 약하다. 공부방 가야 할 시간이 빠듯한데 꾸역꾸역 우주 비행 멤버들을 따라간다.

"떡볶이 말고 돈가스 먹으면 안 돼요?"

"돼. 마음대로 시켜. 까짓것 월급봉투 탈탈 털지 뭐."

"에이, 샘은. 돈가스에 설마 월급봉투까지."

해나가 콧잔등을 찡그린다.

"너만 가장이냐. 나도 내 월급으로 우리 식구들 먹고살아야 하니까 힘들어."

"애들 앞에서 엄살 좀 떨지 맙시다. 나 같은 놈도 멀쩡하게 밥 먹고 살고 있는데."

다리를 꼬고 삐딱하게 앉았던 곽밥은 노랑머리와 같은 오징어덮밥을 시킨다.

"승규 너는?"

나도 돈가스 좋아한다. 돈가스는 한국에 와서 처음 먹어 본 음식이다. 음식에 칼질하는 거나 가위질하는 건 영 어색했지만 금방 익숙해졌다. 텔레비전이나 인터넷에서 물건을 살 수 있고, 집에 앉아서 전화만 걸면 온갖 걸 다 배달해 주는데 음식에 칼질이나 가위질하는 거에 놀라면 말 그대로 간첩 아니냐는 소릴 듣는다. 돈가스가 나오자 나는 제법 능숙하게, 눈치껏 돈가스를 썰어 가며 해나와 상휘가 먹는 걸 흘깃거린다.

"이 집 별로 맛없다."

반도 안 먹고 해나가 포크를 놓는다.

"어머, 애는 돈 내는 사람이 앞에 있는데 너무한다."

해나가 반이나 남긴 걸 상휘가 냉큼 가져간다. 성깔만 내는 놈인 줄 알았는데, 남이 먹다 남긴 음식까지 먹는 넉살까지 있네. 저렇게 먹는데도 배는 안 나오고 키만 훌훌 크는 녀석이 부럽다.

"니들은 갈 길 가. 엉뚱한 데로 빠지지 말고."

식사를 끝내고 나오자 분식점 앞에서 노랑머리는 곽밥 옆에 딱 붙어서 우리더러만 갈 길을 가라고 한다. 상휘는 바쁘다며 신호등이 바뀌기 무섭게 길을 건너 달아나고, 해나가 내 옆에 붙는다.

"샘, 두 사람 연애하죠?"

"허 참, 얘가, 얘가. 사람을 어떻게 보고. 야, 생사람 잡지 마라."

노랑머리가 하도 팔짝 뛰니까 물어본 해나도, 옆에 멀뚱하게 있던 곽밥도 어이없다는 듯 너풀너풀 웃는다. 내가 봐도 두 사람 수상한데…….

나는 해나와 둘이서 걷게 됐다. 여자애와 단둘이 걷는 건 처음이다. 바람이 불어서 해나의 긴 머리가 살랑살랑 날린다. 처음 해나가 마이크 잡고 창밖을 향한 채 '마법의 성'을 부를 때가 떠오른다. 그땐 말 한마디 못 붙일 것같이 멀어 보이던 애였는데……. 이젠 상휘 녀석과 걷던 길을 해나와 둘이 걷고 있다. 별로 할 말도 없는데, 차라리 혼자 걷는 게 편한데……. 내 머릿속이 복잡하게 엉겨드는데 해나가 내 옆구릴 툭 친다.

"야, 너 중국에서 얼마나 살다 왔어?"

느닷없는 공격에 나는 멍하니 해나를 쳐다본다.

"노샘이 그러더라. 중국에서 오래 살다 왔다고. 아니야? 가끔 삑사리처럼 튀어나오는 니 말투, 딱 조선족 사람 말툰데? 그 사람들 말하는 거 북한 사람 말투 같잖아."

뭔가 잘못 가고 있는 것 같다. 이런 식으로 꼬이기 시작하면 할 말이 없다. 어디서부터 풀어야 할지 갑자기 머릿속이 띵해진다.

"북한 말투가 어째서?"

"그냥. 생각나는 사람이 있어서. 내가 아는 어떤 여자도 그쪽 사람이거든."

집 나가서 행방을 모른다는 어머니 얘기를 하는 건가? 이래 봬도 내가 눈치는 있는 놈인데, 어렴풋이 감 잡힌다. 부모 없이 동생을 돌보며 사는 게 힘에 부쳐서 학교를 그만두겠다고 노랑머리를 찾아와서 힘을 빼고 갔겠지. 아직은 교복 입고 멀쩡하게 학교 다니는 것 같은데, 노랑머리를 보면 해나가 학교는 계속 다니게 하라고 부탁 좀 해야 하나? 이놈의 오지랖. 지금 내 코가 석 잔데, 누굴 걱정하고 있나. 아무튼 자식 버리고 어딘가로 사라져 버리는 부모들, 어딜 가나 꼭 있다.

"어머니야?"

나는 조심스럽게 물으며 해나 쪽을 힐끔 쳐다본다. 해나가 고개를 끄덕였나? 어두워서 잘 보이지 않았지만, 말없이 걷기만 하던 해나가 입을 연다.

"일곱 살 땐가, 여덟 살 땐가? 갑자기 헷갈리네. 그때까지 같이 살았어. 근데 유치원인가 학교인가 갔다가 돌아와 보니까 나가 버리셨어. 그때 이후론 못 봤지. 아마 우리 아빠 돌아가신 것도 모르실걸."

애, 오늘 좀 이상하다. 저녁 먹은 게 잘못됐나? 같은 집에서 같은 돈가스 시켜서 먹었는데. 사내애처럼 걱실걱실하고 욕도 잘하고, 툭하면 사람 뒤통수나 퍽퍽 쳐 대는 해나 답지 않다. 내가 오히려 당황해서 머쓱한 채 말 없이 걷기만 하는데 해나가 걸음을 딱 멈추더니 나를 향해 홱 돌아선다.

"우리 엄마라는 사람. 난 한 번도 가 본 적도 없는데, 저기 중국 어디라더라? 하여튼 거기서 우리 아빠한테 시집온 거였어. 니네 엄마도 그쪽이야?"

"어……."

"그래도 넌 엄마하고 거기서 살다가 왔잖아. 난 아예 그쪽은 구경도 못해 봤는데. 비행기 타러 공항으로 나오는 데만 꼬박 하루가 걸리는 아주 먼 데래. 뺑얄이라는 조선족 마을이라나. 아빠한테 듣긴 했는데 정확히는 잘 모르겠어. 뺑얄이 어딘지 알아?"

"몰라."

그런 곳을 내가 어떻게 아나. 중국이란 데가 한국처럼 좁은 땅덩어린 줄 아나. 고향에 있을 땐, 나도 중국이 우리가 살고 있는 땅 머리 위에 붉게 떠 있는 달덩어리처럼 그저 높고 아득한 곳인 줄만 알았지, 광활한 대륙인지도 몰랐다. 그곳에 오만 가지 종족들이 섞여서 살고 있는 줄도 몰랐다. 아무튼, 해나 어머니 얘기를 듣게 된 건 뜻밖이다. 그런데 해나가 심각해져 버려서 내가 말할 기회를 놓쳐 버렸다.
"야, 근데 넌 왜 나한테 계속 반말이야?"
적반하장이라는 말, 이럴 때 쓴다.
"나 열아홉 살이야."
"니가? 웃겨."
"호적에 잘못돼 있어서 그래. 중국에선 그런 일이 많거든."
흥분하는 바람에 아예 중국이라고 못을 꽉 박아 버린 꼴이 됐다.
"그럼 첨부터 말을 하지. 노샘이 너 열일곱 살이라고 그랬거든. 내가 딱 봐도 그런데."
"노 선생님이 잘 몰라서 그런 거지. 나는 열아홉……."
푸하하하, 내 말이 끝나기도 전에 해나가 턱을 쳐들고 웃기 시작한다. 웃겨 죽겠다는 듯 허리를 잡고 걸어가다 걸음까지 멈춘다.
"어쩐지, 어쩐지 노티가 난다 했어."
길바닥에 주저앉아서 웃고 있는 해나를 두고 혼자 성큼성큼 앞서 걷는다.
"야, 같이 가. 열아홉 살? 푸하하."
돌아보니 해나는 뛰어오면서도 웃느라 비틀거린다.
대체 이게 뭐야. 내가 열아홉 살이라는데, 그게 그렇게 웃긴가? 키가 작으면 나이도 먹으면 안 된다는 건가?

"어쩌냐? 근데 난 니가 스무 살이라고 해도 오빠라고는 못 부르겠다. 첨부터 넌 열일곱 살이었어. 나한텐 그래."

간신히 웃음을 멈췄던 해나가 다시 웃음이 터졌는지 그 자리에서 뱅글뱅글 돈다. 애는 왜 느닷없이 남의 가는 길까지 따라와서는 이 난리굿을 치는가 모르겠다.

"야, 저기 봐, 저기."

해나가 손가락으로 지나가는 마을버스를 가리키며 또다시 주저앉는다.

버스 맨 뒷자리에 노랑머리와 곽밥이 나란히 앉아 있다. 노랑머리는 곽밥의 한쪽 어깨에 머리를 기대고 있다. 버스는 환하게 불을 밝히고 몇 미터 앞에 있는 버스 정류장에 정차한다. 노랑머리라 의심할 여지도 없다. 저렇게 튀는 머리로 거짓말을 하긴 왜 해. 그런데 이게 그렇게 웃을 일인가? 처녀 총각이 연애를 한다는데. 진짜 오늘 먹은 저녁밥이 문제가 있는 게 확실하다.

버스가 출발하자 해나가 웃음을 그치고 일어선다.

"노샘 맞지?"

반말하지 말라고 나이까지 밝혔는데 효과 없다. 그런데 바보처럼 아무렇지도 않게 고개를 끄덕이고 있는 나는 뭐냐. 어휴 등신! 중얼거리는 소리가 끝나기 무섭게 해나가 내 뒤통수를 퍽 소리가 나게 갈긴다.

"아이 씨, 무슨 여자 손이 이렇게 매워?"

이건 진짜 화가 나서 지르는 소리다.
"왜 멀쩡한 사람보고 등신이래. 내가 등신이냐? 쪼끄만 게."

정색한 해나의 얼굴이 눈앞에서 번개 튀듯 어른거린다. 보통내기가 아니라고 생각했던 걸 까먹고 있었던 내 죄가 크다. 해나는 학원에 간 동생을 마중 간다며 왼쪽 모퉁이로, 나는 그 길로 쭉 공부방을 향해 내달린다. 앞으로 쟤를 어떻게 감당해야 될지 모르겠다.

제6부 마법의 성을 지나 늪을 건너

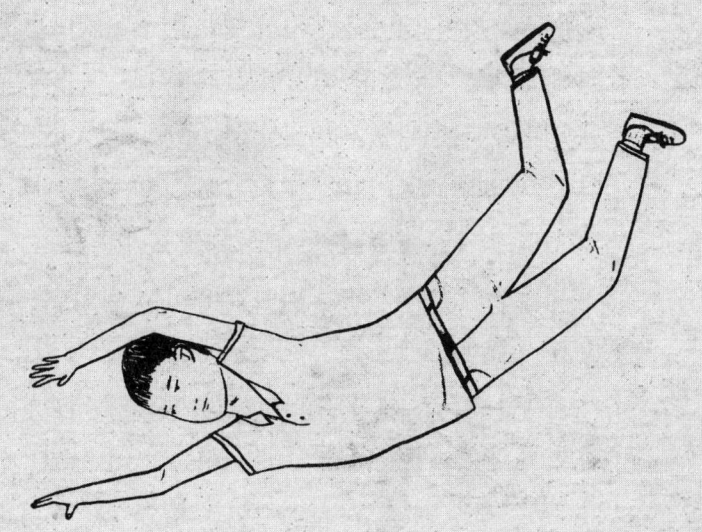

어머니가 식당 일을 그만두었다.

누나를 찾아 어머니가 직접 중국으로 가겠다고 한다. 어머니에겐 대한민국 신분증이 있으니까 어디든 갈 수 있다. 중국은 물론 미국이나 러시아도 갈 수 있다. 갈 수 없는 곳은 단 한 곳, 우리가 왔던 고향, 그곳뿐이다.

"가면 누나는 찾을 수 있습네까?"

"가 보믄 길이 생기갔지. 여기 앉아서 소식 오기만을 기다릴 순 없잖네."

어머니는 중국에서 누나가 일하던 곳부터 찾아가 볼 거라고 한다. 10억이 넘는 인구가 사는 중국은 넓지만, 생각보다 숨을 곳은 많지 않다. 사람이고 짐승이고 자기 냄새를 묻혀 놓은 곳을 찾아가기 마련이고 그곳을 크게 벗어나지 못한다는 게 어머니 말이다. 누나가 무사히 중국에 있기만 하다면 어머니는 알고 있는 모든 곳을 들쑤셔서라도 누나를 찾아낼 사람이다.

식당을 그만둔 뒤에 어머니는 그동안 뜸했던 교회에도 다시 나가기 시작했고, 도움을 받을 만한 사람들에게 전화를 걸고, 여수에 있는 복씨 아저씨네 아주머니를 통해서도 저우판 아저씨 소식을 챙기느라 바쁘다. 희망을 갖고 일을 진척시키는 데는 어머니 나름의 믿는 구석이 있을 거라는 게 내 생각이다.

여권 발급 신청을 해 놓은 어머니는 볼일이 있다며 나갔다. 좀 늦을 거라고 한다. 중국에 나가기 전에 챙기고, 만나 볼 사람도 많다는 얘기다.

아침부터 추적추적 비가 내린다. 비가 오는 날이면 공중에 들뜬 집도 푹 가라앉는 기분이다. 아파트를 빙 둘러싸고 있는 뒤뜰에는 키 큰 아름드리나무들 사이로 어느새 풀들이 쑥쑥 자라 있다. 부슬거리는 빗속에서 흐릿하게 고향의 여름 냄새가 묻어난다.

나는 밴드부 연습실로 향한다. 토요일 오후, 합주 연습이 있는 날이다. 연습실 문을 따는 건 이제 내 할 일이다. 멤버들이 모이기 전에 30분쯤 혼자서 몸을 풀어 놓는다.

밴드부 연습실은 썰렁하다. 빗소리는 들리지 않는데 지하라 눅눅하다. 키보드도 눌러 보고 기타도 만져 본다. 벽에 부딪쳐 내 귀에 감기는 소리가 처량하다. 마음을 다잡고 드럼 앞에 앉는다. 스틱을 맞부딪쳐 딱 딱 딱, 내게 다짐의 말을 하듯 신호를 준 뒤에 쿵딱칙딱 쿵딱칙딱 쿵쿵딱딱 쿵쿵딱딱 리듬을 타기 시작한다. 가볍게 손목을 푸는 것부터 서서히 열기를 띠우는데, 드럼 소리가 명랑하게 퍼지지 않고 칙칙하게 늘어진다.

곧 멤버들이 들이닥칠 텐데도 자꾸만 맥이 빠진다. 엠피스리 이어폰을 꽂고 녹음된 음악에 맞춰 치는 드럼은 왠지 슬프게만 들린다. 문득문득 민우 형이 춤추는 모습을 상상해 본다. 드럼 연주에 맞춰 피에로 신발을 신은 형이 춤을 추는 거다. 팔다리를 꺾고 허리를 돌리고 머리를 흔들어 가며 춤추는 키다리 피에로.

"혼자서는 외롭다."

드럼이란 그런 것이라고, 맨 처음 스틱을 잡을 때 곽밥이 말했었다.

"다른 악기들은 들고 다니면서 어디서든 연주할 수 있어. 악기 하나로도 완성된 곡을 연주할 수 있다는 거지. 그런데 드럼은 혼자 연주하는 것도 어렵고, 들고 다닐 수도 없잖아."

그래서 드럼이 고독하고 힘들다고 하는 건 아닐 테다. 다른 악기들과 조합되지 않으면 드럼의 진가는 제대로 발휘되지 않는다는 말, 그게 드럼의 외로움이라는 걸 이제 조금은 이해할 수 있을 것 같다.

쿵쿵딱딱 쿵칙딱칙, 쿵쿵쿵쿵, 두두두두, 팡 팡!

긴장과 조화, 내 마음을 실어 보낼 때 절정에서 터지는 크래시 심벌의 작렬하는 소리가 나는 좋다.

베이스 드럼 소리가 심장박동처럼 쿵쿵 공간을 울린다. 스네어 드럼과 하이햇의 칙칙 소리까지, 내가 내는 소리들이 하나로 어우러져 공간을 맴돈다. 그래서 외롭다. 드럼 혼자서도 좋은데, 드럼만으로 모든 걸 표현할 수 없어서 외로운 거다. 근데 왜 이렇게 여운이 길게 가는 크래시 심벌처럼 마음이 둥둥 뜨는 거지? 나는 자꾸만 벽에 걸린 시계를 쳐다본다.

멤버들이 다 모였다. 그래 봤자 곽밥까지 넷. 우리 셋 모두 곽밥 얼굴만 보면 잔뜩 긴장한다. 시간이 별로 없다. 요즘 연습실에만 들어오면 곽밥이 하는 말이다.

"야, 나까지 투입돼서 이렇게 열나게 하는데 니네들 무대에 올라가서 버벅대면 그땐 진짜 우주 비행이고 뭐고 끝장이다."

연습 시작 전부터 곽밥은 군기를 잡는다.

'마법의 성'이라면 이제 완전 내 거다. 드럼 때리다 스틱 바닥에 떨어뜨리는 일은 옛날 일이다. 메트로놈이 맞춰 주지 않아도 박자는 내가 알아서 맞춰 간다. 그런데 항상 그렇지만, 곽밥한테선 잘했다는 칭찬 한번 못 들어 봤다. 칭찬하는 데 돈 들어가는 것도 아닌데, 되게 쩨쩨하다.

"자, 다시 한 번. 야, 드럼. 너는 강약을 어디다 주냐? 곡을 제대로 아는 거야, 모르는 거야?"

만만한 게 나다.

자선 바자흰지 뭔지, 그 무대 끝나고 나면 이걸로 우주 비행도 끝장인가? 이름은 생각할수록 거창한데 모양새가 말이 아니다. 청소년 지역 밴드 경연 대횐가 있다더니 턱에 수염 숭숭 난 곽밥이 멤버로 무대에 설 건 아니고, 동구 빈자리엔 들어오는 사람이 없다. 나는 우주 비행을 나 혼자 떠맡은 애처럼 걱정이 늘어졌다. 그만큼 실력이 붙었다 이거지.

"정신들 똑바로 차려. 이거 하나 해냈다고 뭐 다 된 줄 알지?"

우쭐해서 신 나게 드럼 때려 대는 내 야코를 죽일 심산인지 곽밥은 연주 중간중간 잔소리다. 손으로 네 줄짜리 베이스 기타 치는 건 일도 아니다 이거지? 근데 신의 손가락처럼 움직이는 저 실력은 부럽다. 입으로 잔소리할 거 다하고 눈 감고도 못 다루는 악기가 없다니.

"오늘 샘 이상한 거 알아요? 집에 무슨 일 있어요?"

역시 곽밥을 대적할 사람은 해나밖에 없다. 해나가 성질을 부리면서 안 한다고 키보드 걷어치워 버리면 우주 비행은 그야말로 산산조각 난다.

"내가 뭘?"

"동구 가고 나서 상휘도 맥 빠져 있는데, 좀 살살 달래 가면서 하세요!"

"햐, 이젠 선생 머리 꼭대기에서 충고까지 하네."

분위기가 계속 엉기는 날이 있다.

곽밥은 애들만 잔뜩 몰아붙여 놓고 중요한 약속이 있다고 연습 시간 끝나기도 전에 나갔다.

"연습 더 하고, 니들이 정리하고 가라."

선생이 쌩, 찬바람을 일으키며 나갔는데 진지하게 연습할 애가 누가 있나.

곽밥 나간 꼬리가 아직도 문턱에 걸려 있는데 상휘는 기타를 내려놓는다. 연습하긴 다 틀렸다. 동구 떠나고 그래도 상휘 입에서 우주 비행 떠난다는 소리가 안 나온 것만 해도 다행이다. 껄렁거리려고 해도 죽을 맞춰 주는 친구가 있어야 신이 나는데, 혼자선 싱겁기도 하겠지. 동구가 가고 없으니, 혼자된 녀석은 비 맞은 개처럼 어슬렁거리며 연습실로 온다. 형 대접은 바라지도 않지만, 나한테 중딩이라고 놀리지는 않는다. 생각보다 숫기도 없어서 해나가 말 붙이지 않으면 뚱한 표정에 먼저 말을 걸 줄도 모르는 녀석이다. 녀석과 눈이 마주친다. 나는 녀석의 눈길을 피하지 않고 받아 낸다.

"연습 계속할 거야?"

해나한테 하는 말인지, 나한테 하는 말인지 분명하진 않지만, 그러면 또 어떤가. 녀석은 지금 해나가 아니라 내 눈을 보고 말하고 있다.

"글쎄다, 하려면 하고 말려면 말고."

내 대답을 가로채듯 해나가 김새는 소리를 하자 녀석이 씽긋 웃는다.

김이 꽉 빠질 때 빤질거리긴 하지만 감초 같은 역할을 하던 녀석이 동구였는데……. 있을 땐 몰랐는데 없으니까 아쉽다, 생각하고 있는데 거짓말처럼 동구 녀석이 짠, 하고 나타난다. 이 녀석, 사전에 상휘와 주고받은 게 있었군.

역전의 용사가 돌아왔다고 동구는 들어오면서부터 휜소리다. 자기가 만지던 베이스 기타를 감회 어린 눈으로 바라보다 디웅, 소리를 내며 기타 줄을 뚱긴다.

"야, 니네들 그렇게 멀리 떨어져 있으면서도 붙어 다니냐?"

"웬 질투셔?"

동구가 바짝 쳐든 턱을 해나 앞으로 들이민다.

"왜 반말이야? 아직도 그 버릇 못 고쳤냐?"

"왜 자꾸 애 취급해? 기분 나쁘게."

"니들 말조심하랬지. 나이 한 살은 공짜로 먹은 줄 알아?"

분위기 엉기는 날 잘못 가다간 된통 엎어지는 수가 있다. 해나는 '니들'이라고 말할 때 우리 셋을 짜르르 훑어봤다. 나이라면 누구 못지않게 서러운 게 난데 나까지 중간에 끼워 넣고 이거 뭐 하자는 짓인가.

"그러지 말고, 라면이나 먹으러 가자."

내 입에서 엉뚱한 말이 튀어 나간 건 순전히 이상하게 돌아가는 분위기 탓이다.

"그거 좋지. 근데 어디로?"

바로 치고 들어오는 동구 녀석의 말에 아차 싶다. 내가 말을 꺼냈으니 라면도 내가 책임을 져야 하는 건가? 해나도 상휘도 동조하는 분위기. 그저 해 본 소리에 내가 뒤집어쓰게 생겼다.

그래서 세 녀석들을 끌고 우리 집으로 왔다. 생전 처음으로 집에 친구들을 데리고 온 날이다. 생각지도 않았던 일인데, 이 정도면 역전의 용사들 멤버십 괜찮은 편이다.

어머니는 나가고 안 계신다. 내가 알기로 우리 아파트 내부 구조는 어느 집이나 똑같다는데 해나는 집부터 둘러본다. 상휘와 동구는 내 침대 발치에 붙어 앉아서 경쟁적으로 다트판에 화살을 날린다. 상휘 녀석, 동구가 없었으면 안 따라왔겠지. 자기편이 있으니까 한 수 접고 온 건가? 해나, 얘는 어머니가 쓰는 안방을 거쳐 베란다까지 나가 보고 조잘댄다.

"니네 집은 전망이 좋네. 우리는 3층이라 이것도 저것도 아니고 어중간한데."

13층에 처음 들어섰을 때 나는 조금 무서웠다. 복도를 걸을 땐 허공을 걷는 것처럼 불안했다. 침대에 누워도 공중에 떠 있는 것 같아 며칠은 잠도 잘 안 왔다. 하지만 이젠 살 만하다. 아래를 내려다보면 순간적으로 속이 울렁. 하지만 그것 역시 잘 적응해 가고 있다.

"엄마가 되게 깔끔하신가 보다. 집에 먼지 하나 없어."

여자애들은 다 저런가. 하긴 가장인 해나가 동생한테 엄마 노릇까지 해야 하니까, 살림이 먼저 눈에 들어오겠지.

라면 냄비를 가운데 두고 국그릇 네 개 펼쳐 놓고 김치 놓고, 넷이 두리반에 둘러앉았다. 상이 꽉 찬다. 주인 행세 이거 쉽지 않다. 녀석들은 퍼더버리고 앉아 편하게 후루룩거리며 라면을 건져 먹는데 내가 녀석들 눈치를 보는 꼴이다. 지금 알았는데, 상휘는 오른손 검지로 코밑을 문지르는 버릇이 있다. 저거, 어색하거나 무안할 때 내가 잘하던 버릇인데. 상휘 녀석 따라 나도 검지로 슬쩍슬쩍 코밑을 문지른다.

라면을 먹는 것까진 순탄했다. 그런데 설거지하는 내 옆에 와서 나를 빤히 쳐다보던 해나가 슬쩍 건드리듯 묻는다.

"아빠 안 계셔?"

"으응."

"그렇구나. 너밖에 없어?"

나는 고개를 끄덕인다. 해나는 어머니와 나 단둘이 단출하게 사는 가족 관계를 묻는 거다. 고민이 됐다. 누나가 있다고 말해, 말아?

아, 이런 건 네박사에 물어볼 수도 없다. 내 마음이 시키는 대로 하겠지만, 입 떼는 거 진짜 쉽지 않다. 누나가 있다고 말하면 꼬치꼬치 물어 올 것 같다.

상휘와 동구는 컴퓨터 앞에 붙어 앉아서 게임을 찾아내더니 자판이 부서져라 쌍으로 게임에 열중이다. 저것들 완전 중독이다. 그러니 컴컴한 피시방에 파묻혀서 괜히 중딩이니 뭐니, 쳐다보는 녀석들이나 괴롭히면서 신경질을 내지.

"야, 넌 사람 불러 놓고 정말 라면만 먹이냐? 냉장고라도 좀 뒤져 봐."

살찐다고 먹을 거 생길 때마다 찔끔거리면서 뒤늦게 먹을 거 타령이다. 그러게 퍼 주는 라면을 왜 동구 녀석한테 다 넘겨주고는. 우리 집 냉장고 살벌하다. 음식 버리게 될까 봐 웬만해선 사다가 쟁여 놓지 않는다. 어머니가 식당에서 일할 땐 얻어온 뼈다귀 해장국을 냉동했다가 데워 먹었던 게 다다. 그나저나 부모님도 없이 가장 노릇을 하면서 해나가 어떻게 사는지 정말 궁금하다.

"어머닌 찾을 생각 안 해 봤어?"

느닷없는 내 말에 뜬금없이 무슨 소리냐는 듯 해나 표정이 묘하게 일그러진다.

"니가 대신 좀 찾아 줄래?"

왜 쓸데없는 감정을 건드리느냐는 듯, 골이 난 것도 같고 애써 뭔가를 참는 것도 같은 표정으로 해나가 농담처럼 툭 던진다. 해나 어머니의 고향이 뺑얄이라고 했었나? 중국 대륙 어디에 숨어 있는 곳인지는 모르지만, 해나가 뺑얄을 품고 있다는 건 결코 어머니를 잊지 않았다는 생각이 들어 해나의 농담이 가볍게 들리지 않는다.

"미안해. 나는 그저……."

"됐어. 니가 왜 미안하냐? 세상에 엄마 안 보고 싶은 사람이 어딨냐. 엄마도 우릴 찾지 못하는 무슨 이유가 있겠지."

해나, 생각보다 속이 깊은 애다. 오히려 머쓱해진 내 어깨를 툭 치며 "나, 간다!" 내 방에서 컴퓨터에 미쳐 있는 두 녀석에게 들릴 정도로 크게 소리친다. 그러자 녀석들도 후다닥 자리를 차고 일어난다.

"니들도 가려고?"

"가야지."

"니들은 같이 놀아. 셋이서 삼육구를 하든지, 짝짜꿍을 하든지."

해나가 약을 올렸지만 두 녀석은 미련 없이 해나를 따라 사라진다. 망아지 같은 새끼들.

"아저씨 못 봤네? 집에도 없어."

복씨 아저씨 못 본 지 꽤 됐다. 중국에 갈 날이 코앞으로 다가오자 어머니도 아저씨가 궁금한 모양이다. 어머니도 복씨 아저씨와 풀 게 남았겠지. 내가 상휘 녀석과 볼일 보고 밑을 안 닦은 듯 찜찜한 기분이 아직 남은 것처럼 말이다.

"통 못 봤슴다."

"이 아저씨래 아직 정신을 못 차리누만."

어머니가 혼잣말로 중얼거린다.

나는 은근히 걱정된다. 어머니도 누나의 행방을 알 수 없게 된 게 복씨 아저씨 탓이라고만은 생각하지 않는다. 그렇다고 하더라도 복씨 아저씨에 대한 서운함이 가실 리가 없다. 아저씨가 정신을 차리고 살면 좋을 텐데……. 아예 집에서 술병을 끌어안고 도를 닦는지 두문불출이다. 어머니가 찾아갔을 땐 일부러 문을 열어 주지 않았겠지. 집 말고 아저씨가 갈 데가 어디 있나. 복지관 휴게실도 여러 번 가 봤지만 아저씬 보이지 않았다. 일부러 문을 열어 주지 않는다는 것쯤은 짐작하지만, 아저씨가 죽은 고래를 껴안고 다시는 바다 위로 떠오르지 못할까 봐 걱정이다.

　나는 집 밖으로 나설 때마다 혹시나 하고 복씨 아저씨가 있을 만한 곳을 찾기 바쁘다. 상가 건물 후문 옆에 놓인 똥색 소파 주변은 게으른 고양이가 차지할 틈도 없이 사람들로 붐빈다. 생선 트럭이 들어와 있을 땐 아파트 주민들이 동태나 오징어, 고등어 따위를 사느라고 비린내가 풍긴다. 휠체어 아저씨들은 생선 트럭이 들어오나 만물 트럭이 들어오나 차를 끌고 들어와 장사하는 사람까지 붙들어 놓고 술잔을 돌린다. 때문에 경비 아저씨들이 골머리를 앓긴 하지만, 상가 사람들만 뭐라고 하지 않으면 일부러 내쫓지 않는다. 호루라기 아저씨가 종종 그 판에 끼어 종이컵에 술을 얻어 마시고는 슬그머니 입을 닦고 일어서는 꼴을 나도 몇 번 봤다.

　똥색 소파 주변에 복씨 아저씨는 보이지 않는다. 아저씨는 언제나 혼자서 술을 마시는 사람이다. 아저씨가 이 아파트 사람들과 어울려 말이나 나누는 사람은 겨우 고물 할머니, 아니 상휘 할머니 정도다. 그것도 고향이 같은 함경도라는 이유 하나로.

그런데 복씨 아저씨를 찾는 내 눈에 상휘 할머니가 보인다. 뒤뜰 좁은 길에서 빠져나온 손수레가 뒤뚱거리며 다가온다. 손수레 뒤에 달린 검은 폐타이어가 늘어진 너구리 뱃가죽처럼 땅에 닿을 듯 축 처져 있다. 키가 작은 할머니는 여전히 짐에 파묻혀 보이지 않고 가장자리를 그물로 얽어 놓은 손수레가 저절로 움찔움찔 움직이고 있는 것처럼 보인다. 할머니가 무슨 힘으로 저렇게 많은 짐을 높이 쌓아 올렸는지는 암만 생각해 봐도 수수께끼다. 나는 할머니 곁으로 다가가 손수레의 손잡이를 잡는다.

"누구야?"

"상휘 친굽니다!"

"우리 손자 친구? 나는 몰랐네."

복씨 아저씨나 노랑머리랑 같이 본 적도 있는데, 할머니는 나를 기억하지 못한다.

"할머니, 요즘 함경도 아저씨 못 봤습니까?"

"함경도 양반?"

"예."

하루 종일 복씨 아저씨네 집 출입문만 쳐다보면서 지키고 앉아 있을 수는 없는 노릇이다. 두더지처럼 집 안에 파묻힌 아저씨가 움직이는 건 전적으로 아저씨 마음이니까. 아니면 복씨 아저씨, 정말 두더지처럼 살려고 작정이라도 한 건가?

"그 양반 아들인가?"

할머니 입에서 이런 소리 나올 줄 알았다. 아들이라면 아버지라는 사람을 못 봤냐고 할머니에게 물어볼 일이 아니지. 나는 그냥 웃고 넘어간다.

"할머니, 제가 끌까요?"

나는 할머니를 따라 보조를 맞추며 묻는다.

"뒤에서 밀어!"

어지간히 기 센 할머니다.

쓰레기를 주워서 팔아먹고 사는 사람들은 중국에도 있다. 나도 농장에서 일할 땐 고물을 따로 모으는 일을 하기도 했다. 우리 가족이 한국으로 가기로 결심했을 때 들은 얘기로는 한국엔 부자들만 산다고 했다. 중국 사람들이 한국에 가서 한 달 일하면 중국에서 버는 1년치를 벌 수 있다는 소리를 들었는데 여기도 고물을 주워 먹고사는 사람이 있는 줄은 몰랐다.

나는 힘껏 손수레를 민다. 아파트 상가 후문 앞을 지날 때, 휠체어 아저씨들 속에 앉아 있던 경비원이 자리에서 불뚝 일어선다. 호루라기 아저씨다.

"할머니, 앞으로는 아파트 뒷마당에다 그런 거 쌓아 놓지 마세요. 날 더워지면 파리도 끓을 텐데 주민들한테 신고 들어옵니다."

"시방 내가잖여, 잔말 말어."

갑자기 손수레가 우뚝 멈춰 선다. 그 바람에 손수레에 달린 폐타이어에 발이 눌릴 뻔했다.

"아 참 할머니, 역정 내시긴. 여기 할머니 혼자만 사시는 데 아니잖아요."

"돈 될 만치 모아야 내가지 아무 때나 내가나?"

"그걸 저한테 말씀하시면 어쩝니까?"

"쓸데없는 참견 말고 경비 일이나 잘 봐."

"할머니도 참. 경비로서 드리는 말입니다."

"뭐여?"

할머니가 허리를 펴며 경비원에게 소리를 꽥 지른다.

"나도 이 아파트 주민이여. 장장 20년이 넘게 살았어. 나도 권리 있어!"

"할머니만 권리 있는 거 아니잖아요. 그걸 지금 말씀이라고 하십니까?"

"그랴, 이놈아. 왜 바쁜 사람 붙들고 시비여."

할머니가 역정을 내며 손수레의 손잡이를 불끈 쥐고 다시 끌기 시작한다.

"나 참, 하여튼 저 할머니 때문에 올여름도 골머리 앓게 생겼어."

호루라기 아저씨가 투덜거리는 소리가 들려온다. 상휘 녀석, 이 꼴을 봤으면 아마 경비원 아저씨한테 한 방 날렸을 거다.

아파트에서 나와 아파트 담벼락을 끼고 걷기 시작했을 때 저만치서 뛰어오는 녀석이 보인다. 가방을 옆구리에 둘러멘 녀석이 씨근덕대며 다가오더니 대뜸 할머니가 잡고 있는 손수레의 손잡이를 잡아챈다.

"할머니, 일요일 날 하자고 했잖아요."

"너도 잔말 말어. 경비가 어찌나 지랄을 하는지."

"제가 끌고 갈게요."

녀석이 볼멘소리로 투덜댄다.

"너도 뒤에서 밀어. 허리 꼬부라진 할미가 혼자 어떻게 건냐."

녀석이 내 옆에 와서 선다. 할머니의 손수레를 녀석과 내가 밀고 간다. 산돼지처럼 주둥이를 내민 녀석이 나한테 불쑥 묻는다.

"넌 뭐냐?"

"뭐긴. 넌 그 말밖엔 할 줄 아는 말이 없냐?"

내 대답에 녀석이 픽, 콧방귀를 뀐다. 곱게 대하면 어디가 덧나나. 우리 집까지 와서 라면까지 끓여 먹고 간 녀석 숫기하고는. 하긴 사내자식이 계집애처럼 살살거리는 것보단 낫다. 녀석은 말이 없다. 손수레에 힘을 줘서 미는 건 나고 손만 얹고 설렁설렁 녀석은 뒤따르기만 한다.

"됐으니까 그만 네 갈 길로 가."

기껏 한다는 소리가 사람 바람 빠지게 하는 소리다.

"내 갈 길은 내가 알아서 가. 상관 말고 제대로 밀기나 해!"

"됐다고!"

녀석이 소리를 꽥 지른다.

"왜 소리 질러!"

나도 배짱 있게 맞받아친다.

"너는 혼자만 되면 그렇게 똥배짱 부리냐. 턱 빳빳이 쳐들고?"

"나는 원래 혼자였어, 인마."

"아이 씨바. 쥐방울 같은 게."

녀석이 내 옆에 바싹 붙어 턱주가리를 쳐든다. 내 머리는 딱 녀석의 어깨에 닿는다. 길거리에서 이게 뭔 짓인지. 키 재기라도 하자는 건가? 치사하게 말이다.

"키가 작다고 우습냐? 나는 너보다 더 살았어, 인마."

어느새 곽밥이 하던 인마, 소리가 내 입에도 붙어 버렸다.

"얼마나?"

녀석이 헐, 바람 빠지는 소리를 낸다.

"몰라도 돼, 인마. 너하고 대면 밥그릇 수가 훨씬 많아."

"너는 하루에 다섯 끼씩 먹었냐? 웃기고 있네."

"그렇다, 왜. 아니꼬우냐?"

갑자기 녀석이 내 뒤통수를 퍽 갈긴다. 나도 팔짝 뛰어 녀석의 뒤통수를 똑같이 갈긴다. 누가 보면 길거리에서 꼬맹이 아우가 형한테 겁 없이 대드는 것처럼 보일 거다. 그런데 녀석, 손매가 싱겁다. 매가리 하나도 없는 물렁이 같은 놈. 동구 녀석하고 하던 짓거리를 나한테 하네.

손수레가 신호등 앞에서 멈춰 선다. 차들이 정신없이 지나간다. 귀가 먹먹할 정도로 소음이 심하다. 붉은 신호등 불빛에 걸려 멈춰 선 할머니는 뒤에서 무슨 일이 벌어지는지 알 리 없다. 이 녀석, 자기 할머니 고향이 함경도라는 건 알고 있나. 함경도가 어디에 붙었는지, 어떤 곳인지 알기나 하나. 복씨 아저씨나 우리가 돌아갈 수 없게 되어 버린 곳, 그건 상휘 할머니도 마찬가지다. 그런데 생각해 보면 할머니 아들의 아들인 녀석과 내가 한 공간에서 음악을 연주하고 있다는 게 신기하기도 하다. 나도 모르게 싱거운 웃음이 훅훅 삐져나온다.

"내일 연습실에서 보자. 흉내만 내지 말고 제대로 밀어, 인마!"

나는 내 갈 길을 위해 이쯤에서 떨어져야 한다. 할머니가 가고자 하는 고물상은 내가 가야 할 공부방과는 방향이 다르다. 나는 몇 발짝 걷다가 뛰기 시작한다. 그때 뒤에서 녀석의 고함 소리가 자동차 소음에 섞여 들려온다.

"잘 가라, 인마!"

나는 뒤를 힐끔 돌아본다. 막 신호등 불빛이 바뀌고 할머니의 손수레가 움직이기 시작한다. 녀석은 엉덩이를 뒤로 쑥 뺀 채 두 팔을 쭉 뻗어 손수레에 힘을 싣고 있다.

내 걱정 말고 너나 잘해, 인마!

다른 때보다 공부방으로 가는 발걸음이 가볍다.

"오우, 샘!"

해나가 노랑머리를 보고 환성을 지른다. 역시, 노랑머리의 변화에 가장 호들갑을 떠는 건 여자인 해나다. 이제는 노랑머리를 노랑머리라 부를 수 없게 됐다. 검게 염색한 머리, 그것도 사내같이 짧은 커트 머리다. 물 빠진 노란 머리 적응돼서 볼만했는데, 그냥 계속 기르시지.

"나도 모드 전환 좀 했다. 꽃이 만발하는 계절이잖아. 상큼하지 않니?"

노랑머리, 아니 검정머리가 입을 헤벌리고 웃는다. 짙은 속눈썹 화장은 여전해서, 윗눈썹이 아랫눈썹과 들러붙을까 봐 겁날 정도로 신 나게 깜빡거린다.

"곽샘, 샘은 저언혀 반응이 없으시네. 섭해요, 섭해."

역시나. 우리가 아니라 곽밥한테 보여 주러 온 거다. 야구 모자를 푹 눌러쓴 채 컴퓨터 책상 앞에 앉아 있던 곽밥은 노랑머리를 흘끗 쳐다보고는 그만이다.

"샘, 여신 같은 분위기 좋았는데, 너무 보이시다."

"어머, 그랬니? 여신 같았어? 그럼 진즉 말 좀 해 주지. 남은 기껏 돈 들여, 시간 들여 분위기 쇄신했는데."

"분위기만 쇄신하면 뭐합니까. 남은 배고프게 고생하는데 빈손이고."

곽밥의 묵직한 한 방.

"그래서 가져왔잖아요."

등 뒤에 두른 노랑머리 손에서 나온 건 붕어빵이다.

"그냥 하던 대로 하고 사시는 게 편해요."

우물우물 붕어빵을 씹으며 상휘가 볼 부은 것 같은 소리를 한다.

"흐응, 너 또 나한테 시비 걸고 싶냐?"

"시비는. 아, 왜 자꾸 나한테만 그래요."

"그래? 그럼 우리 둘이 따로 푸닥거리 한번 하자. 근데, 승규 넌 왜 암말 안 해?"

나까지 해야 되나? 노랑머리, 아니 검정머리가 나를 쳐다보며 눈을 깜빡거린다.

"그럼 못써. 돈 안 드는 말이니까 인심 좀 팍팍 써."

"쟨, 원래 저래요. 무뚝뚝하기가 무 맛이라고요."

이젠 해나까지 아주 날 가지고 놀려고 든다.

"됐다. 나도 옆구리 찔러 절 받긴 싫어. 그럼 난 갈 테니까 열심히들 연습하셔. 이제 무대에 오를 날 며칠 안 남았으니까. 고대한다!"

붕어빵 열 개가 금세 사라진다.

이제 무대에 오를 날, 일주일밖에 안 남았다. 자선 바자회 공연 끝나면 검정고시 준비도 더 열심히 해야 한다. 대학 같은 거 안 가도 된다고 생각했는데, 대학을 가든 안 가든 고등학교 졸업장은 따야 한다며 공부방 도우미 선생은 입에 침이 마르도록 말한다. 수능인가 뭔가 대학 시험 거부하는 애들이 장한 애들이라고 말한 게 언젠데. 대한민국 교육정책은 아무리 이해하려 해도 이해가 안 간다.

하지만 드럼을 때릴 땐 공부에 대한 부담도 잠시나마 떨칠 수 있다. 이젠 드럼을 치면서도 해나의 노래에 완전히 몰입할 수 있다. 각기 다른 악기들의 조합에서 내 드럼 소리만을 골라 들을 수도 있고, 키보드와 베이스 기타, 전자 기타의 결도 확실히 짚어 낼 수 있다. 딴 데 정신 팔고 있다가 멤버들이 돌아가면서 삑사리를 내기도 하지만, 정신 차리면 이내 제 소리로 돌아온다. 합주의 매력은 어느 하나가 돋보이는 게 아니라 모두가 어울려야 사는 거라고 곽밥은 누누이 강조해 왔다.

마법의 성을 지나 늪을 건너 어둠의 동굴 속 멀리 그대가 보여.

이제 나의 손을 잡아 보아요. 우리의 몸이 떠오르는 것을 느끼죠.
자유롭게, 저 하늘을 날아가도 놀라지 말아요.
우리 앞에 펼쳐질 세상이 너무나 소중해, 함께라면―

해나 목소리에 물이 올랐다.
노랑머리한테 돈가스를 얻어먹은 날 해나가 어머니 얘기를 털어놓은 뒤부터 무시로 해나 얼굴이 눈앞에 어른거린다. 얼마 전까지만 하더라도 침대에 벌러덩 드러누워 천장을 보고 있으면 자동적으로 드럼 스틱이 휙휙 날아다니던 게 말이다. 해나가 내게 어머니 얘기를 했던 것처럼 내 얘기를 들려주고 싶다는 생각을 하면 심장이 베이스 드럼처럼 쿵쿵 울린다. 누군가에게 내 주머니 속에 꼭 쥐고 있는 잃어버린 시간에 대해 얘기하고 싶다는 욕망, 그게 무슨 얘기든 해나는 들어줄 것 같다는 생각만으로도 가슴이 떨린다.
턱을 약간 쳐든 채 어딘가를 응시하듯 노래를 부르는 해나의 눈과 건반을 짚는 해나의 손가락을 번갈아 보며, 나는 리듬을 타고 드럼을 때린다. 격렬하게 건너가는 구간은 없지만, 하이햇의 찰랑거리는 물결 소리와 베이스 드럼의 심장박동 같은 쿵쿵 소리가 전체 연주 속에서 감미롭게 스며든다. 이런 건 줄 몰랐다. 드럼이, 발끝부터 머리끝까지 내 온몸을 타고 조용한 전율처럼 나를 흔들 줄 몰랐다. 드럼을 치듯이 언젠가 해나에게도 내 얘기를 할 수 있는 날이 오겠지.

민우 형의 춤을 생각할 때마다 나는 그 집념이 부담스럽고 위태로워 보였다. 그래서 자꾸만 묻고 싶었다. 행복하냐고, 춤만 출 수 있어서 행복하냐고. 그 물음은 부메랑처럼 내게 되돌아오기도 했다. 어느 곳에서나 경계에 서 있는 우리. 마법의 성을 지나 늪을 건너, 우리는 이곳으로 왔다.

합주 연습 시간 내내 잡념이 끼어들 새도 없이 곽밥이 폭풍처럼 몰아쳤는데도 어느 순간인가 희미한 앰뷸런스 경보음이 내 귀를 뚫고 들어온다. 아파트 마당으로 들어온 앰뷸런스 소리가 잠시 후 다시 아파트 마당을 빠져나가는 소리. 나 혼자였다면 드럼 스틱을 내던지고 밖으로 뛰어나갔을 것이다.

나는 그 소리가 나와는 관계없는, 이제는 내가 졸아들지 않아도 되는 그냥 평범한 소리로 들리길 원했다. 그런데, 연습이 끝나자마자 친히 연습실에 다시 나타난 노랑머리가 나만 따로 불러낸다. 연습 시작 전에 붕어빵을 들고 나타났을 때와는 완전히 다른 표정이다.

"너 시간 있지? 나랑 어디 좀 같이 가자."

노랑머리가 나를 복지관 주차장에 세워 둔 풍뎅이처럼 생긴 빨간색 차에 태운다. 우리한테 돈가스 사 주면서 월급 다 털리게 생겼다더니, 이 풍뎅이가 노랑머리 차인가? 노랑머리가 머리를 빨간색으로 바꾸었다면 차랑 아주 절묘하게 어울리겠다. 차도 잘 나간다.

"어딜 갑니까?"

"병원에."

그때까지도 나는 전혀 감을 못 잡았다. 그저 어리둥절할 뿐이다.

"복장호 씨 병원에 있어."

"예?"

"보호자가 없어서 너한테 부탁하는 거야. 한 시간 전에 응급실에 들어갔는데 그냥 옆에서 지키고 있으면 돼. 보호자가 필요하거든."

진짜 노랑머리 오지랖은 알아줘야 한다. 청소년 담당이라면서, 온갖 일에 관여 안 하는 데가 없다. 그나저나 응급실이란 말이 무섭긴 한데 노랑머리가 차분한 걸 보니 죽을 지경까진 아닌가 보다. 이제야 머리가 제대로 돈다. 그러니까, 아까 내가 연습실에서 환청처럼 들었던 앰뷸런스 소리가 복씨 아저씨를 태우고 간 소리였구나. 그런데 내가 왜 아저씨 보호자야?

알코올 중독에 영양실조.

아저씨 병명을 듣고 나서 나는 잠시 휘청했다. 뒤통수를 한 방 맞은 것처럼 얼얼했다가 천천히 생각해 보니까, 화가 난다. 관리비 미납에 오랫동안 얼굴조차 보이지 않아 복지관 사무원이 몇 번이나 아저씨네 집을 방문했는데 만나지 못했다고 한다. 그런데 옆집 남자가 벽을 치는 소리를 듣다 못해 관리실에 연락했다. 무슨 지랄을 하는지 자꾸 사람 신경 거슬리게 벽을 쳐 댄다고. 결과적으로는 아저씨가 이북 떨거지 어쩌고저쩌고 한 남자한테 에스오에스를 친 거다. 말하자면 아저씨는 아직은 죽을 생각이 없었던 거다. 관리를 하려면 확실히 하든가, 사무원들은 다 한 패거리들이라면서 이 지경이 될 때까지 몰랐다는 거다. 노랑머리는 나를 병원 응급실에 데려다 놓고 마무리할 일이 남았다며 복지관으로 돌아갔다.

링거를 꽂고 누워 있는 아저씨는 창백하다.

나는 영양실조란 말을 몇 번이고 뇌까려 본다. 내가 유치원 다닐 때부터 '고난의 행군*' 시절이었다. 어머니는 고난의 행군이 언제 끝날지 알 수 없다고 했다. 늘 배가 고팠다. 식량 배급표를 들고 배급소에 간 어머니가 빈손으로 돌아온 날에는 어머니 치마꼬리를 붙잡고 다니며 울었다. 복씨 아저씨도 고난의 행군 시절에 군대 간 아들을 잃었다. 그런데 이제 아저씨가 영양실조에 걸려 응급실에 누워 있다. 나는 뭔지 모르게 자꾸만 화가 나 응급실 앞 복도를 서성거린다.

왜 영양실조야. 영양실조 안 걸리려고 여기까지 온 거 아니었나?

어른들의 심사는 알다가도 모르겠다. 정신 똑바로 차리고 살면 영양실조가 왜 걸려? 너무 많이 먹어서 배 터져 죽는 사

* 북한은 1990년대 중반부터 심각한 경제난을 겪었다. 잇따른 자연재해와, 미국의 대북 봉쇄정책이 겹치면서 많은 주민들이 사망했다. 이 시절을 일명 고난의 행군이라 부른다.

람들도 많다는데 여기까지 와서 아저씨처럼 영양실조에 알코올 중독자가 돼서 죽으면 너무 억울한 거 아닌가?

나는 복도와 응급실을 들락거리며 아저씨가 깨어나기만을 기다린다. 누가 보면 내가 아들이라고 생각하겠다.

"아드님이세요?"

링거 바늘이 꽂힌 호스 줄을 점검하던 간호사가 내게 묻는다. 봐라, 내 생각이 틀림없지.

"아닙니다."

"그럼, 보호자분은 아직 안 오신 거예요?"

"그건 왜 묻습니까?"

"입원하셔야 해요. 보호자가 입원 신청서를 쓰셔야 병실로 올라가실 수 있어요."

그제야 나는 어머니에게 전화를 건다. 어머니는 아저씨가 병원에 실려 간 줄도 모르고 있다. 중국에 갈 날이 코앞에 닥쳐서 어머니는 요즘 부쩍 정신없이 바쁘다. 어머니는 두렵고 심란한 마음을 가라앉히고 마음을 다지느라 내가 들어오기만을 기다리고 있었다고 한다.

어머니가 전화를 했는지 여수에 있는 아주머니한테서 전화가 온 건 어머니와 통화를 하고 난 지 10분쯤 지나서다. 아주머니는 일을 하고 있어서 당장은 올라갈 수 없고, 올라가더라도 내일이나 돼 봐야 갈 수 있을지 안다고 한다. 아주머니는 차분한 목소리로 나에게 아저씨를 부탁했다. 졸지에 미성년자인 내가 아저씨 보호자 노릇을 하게 생겼다.

동네에 있는 작은 병원인데도 병실은 입원 환자들로 붐빈다. 겨우 빈자리가 생긴 병실로 올라간 아저씨는 나에게 일 없으니, 집에 가라고 성화다. 피죽도 못 먹은 사람처럼 아저씨 말소리는 맥이 없지만, 정신은 말짱해 보인다.

"아주머닌 내일 돼 봐야 오실 수 있답니다."

나는 아저씨 병상 옆에 서서 무뚝뚝하게 소식을 전한다.

"여긴 내가 알아서 할 기야."

어서 집으로 가라고 아저씨는 링거 바늘이 꽂힌 손을 내젓는다. 그러곤 반듯이 누운 채 눈을 감는다. 아저씨 눈초리에서 물기 같은 것이 얼핏 비쳤는데, 나는 야멸치게 돌아선다.

아저씨 맘대로 하시라요, 죽든지 살든지.

병원에서 나오자 고래 배 속에 들어갔다 나온 기분이다. 아저씨 눈에 고래, 아직 살아 있다. 나는 그렇게 믿고 싶다.

드디어 어머니가 중국으로 가는 날이다. 바퀴 달린 커다란 가방을 끌고 집을 나선 어머니는 일주일쯤 후에 돌아올 예정이다. 영영 돌아오지 않을 것도 아닌데 어째 마음이 좀 이상하다.

"문단속 잘하고, 친구들 데리고 와서 집 어지럽히지 말고."

어머니는 짐을 싸면서부터 하던 잔소리를 차에 오를 때도 한다. 내가 뭐 철부지 코흘리갠가. 친구라면 저번에 우주 비행 녀석들을 데리고 와서 라면 끓여 먹은 것밖에 없다. 라면 국물 하나 남지 않게 설거지까지 깨끗이 했는데 설마 김치 줄어든 것 보고 그런 말을 하나? 하긴 한 번도 누군가를 데리고 온 적이 없었으니 어머니가 뭔가를 눈치챘을 수도 있다. 하지만 이제 내 일은 내가 알아서 한다.

"누나는 찾을 수 있겠지요?"

"어디메 잘 있을 기야. 예림인 강한 애니까."

떠나면서 어머니가 남긴 말이다.

내 옆에는 어머니라도 있지만 혼자인 누나의 심정은 어떨지 짐작이 안 간다. 민우 형처럼 고아로, 지구의 미아로 떠돌고 있을지도 모를 누나. 어머니가 장사를 다니느라 집을 비울 때, 나를 돌봐 준 건 누나였다. 캄캄한 방에 누워 꼭 잡은 손을 놓지 않았던 누나. 그렇다고 우리가 싸우지 않고 의좋기만 한 남매는 아니었다. 맘에 안 들면 욕도 하고 때리기도 했던 누나다. 누나를 골탕 먹이려고 짓궂은 장난도 많이 했다. 그래도 누나가 내 곁에 있었기에 지금 여기에 내가 있을 수 있다. 나는 어머니가 꼭 좋은 소식을 가져오리라 믿는다. 지금 우리에겐 그것만이 유일한 희망이니까.

이제 무대에 오를 날도 사흘밖엔 안 남았다. 노랑머리, 아니 노 선생님은 바빠서 코빼기만 쪼끔씩 들이민다.

"듣기 좋다!"

남기고 가는 말도 한두 마디뿐이다.

복지관 사무원들은 바쁘게 오가는 것 같은데, 우리 아파트 주민들 표정은 어제나 오늘이나 변함없다. 햇살이 쨍쨍해지는 한낮에는 일찍부터 그늘을 찾아 휠체어 부대들이 모여든다. 담배 연기가 이렇게 자유롭게 활개를 치는 아파트는 우리 아파트밖에 없을 거다. 휠체어 아저씨들이 많은 이유를 물어봤더니, 노 선생님은 친절하게도 기초생활 수급자들이 많이 사는 곳이라 그렇다고 한다.

돈이 좀 모이면 더 넓고 편한 집으로 이사를 가는 게 어머니 꿈이다. 누나가 들어와 정착을 하게 되면 말이다. 썰렁하고 후진 이 아파트, 처음엔 마음에 들지 않았지만, 조금씩 정이 들고 있다. 그래도 우리 집이 있는 곳이니까.

이제는 틈틈이 난이도 있는 곡을 들여다본다. 곽밥한테 빌린 엠피스리는 완전 내 거 됐다. 돌려줬더니 선물이란다. 손때가 묻어서 코팅도 군데군데 벗겨졌지만 꽤 쓸 만한 물건이다. 손에 착 달라붙는 엠피스리만큼이나 곽밥, 시간이 갈수록 괜찮은 사람 같다. 내게 연습실 열쇠를 던져 줄 때처럼 인생도 드럼을 치는 것과 같다고 그는 툭 던지듯이 말했다. 연습한 만큼 제대로 된 연주를 할 수 있듯이, 이곳에서도 치열한 노력을 해야 원하는 것을 이룰 수 있다고 했다. 그는 내 출신을 알고 있는 게 확실하다.

"쫄지 마, 넌 잘해 내고 있어."

곽밥이 내 어깨를 툭 치며 말했을 땐, 속에서 뭉클한 것이 올라왔다. 나를 믿어 주고, 인정해 준다는 거다.

이제는 이어폰을 꽂고 걸을 때 연주 속에서 드럼 소리가 내 귀에 착착 감겨 온다. 내 더듬이가 그쪽으로 가고 있는 거다. 텔레비전 볼 때? 물론 그때도 드럼 소리 나는 곳으로만 내 귀가 쏠린다. 귀여운 짓 하는 아이돌 여자 가수들의 노래는 별로 귀에 안 들어온다. 아이돌 가수들 중에도 볼만한 밴드 많다. 하나같이 화려하고 멋진 신체 조건을 갖춘 놈들이긴 하지만.

민우 형이 일하는 홍대 앞에 인디 밴드들이 많이 활동한다는 얘길 곽밥한테 들었다. 언제 한번 민우 형을 찾아가서 밴드들이 논다는 카페엘 가 볼 계획이다. 해나나 상휘 녀석이 같이 가겠다면 그야말로 '굿'이겠지만.

민우 형에게 전화가 온 건 어머니가 중국으로 떠난 다음 날이다. 그렇잖아도 형에게 할 말이 쌓여 있던 참인데, 이런 걸 마음이 통했다고 하는 거다.

"나, 며칠 있으면 서울 떠나. 부산으로 가기로 했다."

"부산?"

"그래, 저기 남쪽!"

왜 다들 남쪽 타령이야. 복씨 아저씨 입에서 '남쪽이 멀다'는 말이 사라진 지 얼마 안 된 것 같은데.

"거긴 뭣하러 갑니까?"

"춤추러 가지. 좀 더 조직적으로 춤을 출 자리가 생겼어."

"거기가 얼마나 멉니까?"

"케이티엑스 타면 세 시간도 안 걸려."

케이티엑스가 뭔지 타 봤어야 말이지. 구경도 못해 봤는데.

"너는 요즘 잘 지내냐? 누나 소식은?"

형이 한꺼번에 묻는다. 형에게 하고 싶었던 말이다. 어머니는 누나를 찾으러 중국에 나갔고, 나는 밴드부에 들어 요즘 드럼을 열심히 치고 있다고 말했다.

"야, 잘됐구나야. 다 잘될 기야."

시끄러운 소음에 묻혀 형의 목소리가 굴절되듯이 희미하게 멀어지는 듯도 하다. 아, 이젠 민우 형마저 내 곁에서 점점 더 멀어지는구나. 그나저나 형이 떠나기 전에 얼굴은 한 번 더 봐야 하는데. 우리 집에 와서 하룻밤 자고 가면 안 되느냐고 물었더니 형은 시간이 없다고 한다.

"앞으로 스케줄이 꽉 차 있어. 약속한 일은 해 주고 가야지."

형이 시간이 된다면 가설무대에서 드럼을 치는 내 모습을 보여 주고 싶었다. 형에겐 별거 아니겠지만, 어쨌든 나한텐 태어나서 처음 오르는 무댄데 아쉽지만 할 수 없다.

드럼 만진 지 석 달 됐다. 이 정도면 드럼의 기본을 익히고 한 곡은 칠 수 있다는데 나는 더도 덜도 아니고 딱 그 수준에는 올라선 거다. 사실, 내가 남보다 출발선에서 불리하다고 생각했다. 기준은 내가 아니라 '이곳' 아이들이니까. 그 아이들이 살아온 문화를 내가 비집고 들어가는 거니까. 내가 할 수 있을까 자신 없어 망설이던 때가 엊그제다. 그런데 가슴이 떨린다. 무대라는 거, 그게 나를 설레게 한다.

"박승규!"

연습실에서 나오는 나를 부르는 저 목소리, 짱짱해진 볕만큼이나 날카롭게 올라가는 목소리가 느닷없이 튀어나오는 건

오랜만이다. 바자회 앞두고 정신없이 바쁘다더니 한가한 틈이라도 생긴 모양이다. 노랑머리는 가까이 다가가는 나를 향해 손에 든 뭔가를 흔들어 댄다.

"뭡니까?"

"바자회 티켓이야. 내가 이거 팔아야 하는 거야. 후원금 조직하는 거니까. 근데 너한텐 특별히이 공짜!"

이 티켓으로 바자회가 벌어지는 장마당에서 책이나 옷, 신발도 살 수 있고, 음식도 사 먹을 수 있다고 생색이다. 보나 마나 밴드부 애들한텐 다 돌릴 거면서.

"복씨 아저씨한텐 가 봤니?"

그렇잖아도 지금 아저씨한테 가려는 참이다. 미운 정이라는 게 있다는데 나 몰라라 할 수는 없다.

"나도 시간 내서 들여다봐야 하는데, 못 갔네. 아저씨한테 가거든 얼른 나으시라고 내 인사도 전해 줘."

"알았습니다."

내가 무뚝뚝하게 대답하고 돌아서자 "승규!" 하고 부른다. 왜요? 왜 자꾸 부릅니까? 내가 돌아보자 노랑머리가 몇 걸음 다가와 내 어깨에 손을 척 올려놓는다. 노랑머리의 콧숨에서 단내가 난다. 뭐라고 표현하면 좋을지 모르겠지만, 볕에 오래 널어놓은 옷에서 나는 듯한 냄새. 그것도 고향집, 우리 집 마당에 널려 있던 누나의 흰 교복 상의에서 나던 냄새다.

"어머니 돌아오실 때까지 잘할 수 있지? 힘내자!"

노랑머리의 속눈썹이 심하게 깜빡거린다. 나중에 얼굴은 잊어버려도 저 속눈썹 깜빡거리는 건 계속 따라다닐 것 같다.

노랑머리와 헤어져 내처 병원을 향해 뛴다. 재채기가 터질 듯 코가 간지럽다. 맞불어 오는 바람 때문인가? 바람 속에 떠다니는 꽃가루들 짓은 아닌 것 같다.

환자복 차림으로 아저씨는 병원 뒤뜰 구석에 쪼그려 앉아 담배를 피우고 있다. 나를 보자 힘없이 웃는다. 병원에 꼼짝없이 갇힌 아저씨는 나흘째 술은 구경도 못하고 있다. 그런데 얼굴은 훨씬 보기 좋다. 아저씨 몸에서 술기가 쫙 빠져나가고 얼굴엔 볼그스름하게 핏기도 돈다. 지저분하던 수염도 깔끔하게 면도했고, 전혀 환자처럼 보이지 않는 얼굴이다.

"아주머닌 왔다 갔습네까?"

"어머니, 중국 가셨다고?"

아저씨는 슬쩍 말머리를 돌린다.

"예."

"예림이 찾을 수 있을 기야, 걱정하지 마라."

아저씨나 제대로 치료하세요. 이러다 끝장납니다.

"내가 집구석에 있을 때부터 생각해 봤는데……."

그거 반성하시느라고 영양실조에 걸릴 정도로 밥 한 톨 안 먹고 술만 드셨습니까?

"내가 너무 의지가 약해졌어. 네 어머니한테도 미안하고, 너한테도 미안하다."

그런 얘기라면 듣고 싶지 않다. 기분 좋게 풀려 나갈 땐 기분 좋은 말만 쭉 들었으면 좋겠다.
"너, 이제 열아홉이냐?"
잘 모르겠다. 열일곱 살이 맞는 건지 열아홉 살이 맞는 건지.
"나는 기때 펄펄 날아다녔더랬어. 무서운 게 없던 젊은 시절이었지. 고향 버리고 나와서 이제 남은 희망이 없다 생각했는데……."
복씨 아저씨, 설마 환자복 입고 쪼그려 앉아서 시퍼런 바다 속에서 고래와 헤엄쳐 다녔다는 얘기를 하려는 건 아니겠지. 뭐, 하고 싶다면 들어 줄 용의도 있다. 외롭고 지쳐서 나라도 붙들고 과거를 곱씹고 싶다면 말이다.
"정신 차리고 살고 싶다. 맘대로 될지 모르갔지만."
그런 말은 나도 하루에 수십 번 나한테 한다. 실천하는 게 중요하지. 아저씨도 나처럼 뭐 하나 배우게 권해 드리는 게 좋지 않을까? 공이라도 차게 하든가, 복지관에 마련된 프로그램 중에 하나 골라서 열심히 공부하게 하든가. 배워서 쓸모없는 건 하나도 없다고 했다. 뭐든 배워 두면 언젠간 요긴하게 써먹을 수 있는 게 공부라고 공부방 도우미 선생은 열변을 토했다. 어쩔 때 보면 자기 말에 취해서 마구 내달리는 게 불안하기도 하지만 쓸 만한 말도 있다.
아저씨가 요양원에 수용될 만큼 심각한 상태가 아니라서

다행이다. 아저씨는 곧 퇴원할 수 있을 거라고 한다. 나는 병원을 나와 공부방으로 향한다. 거리마다 알록달록 간판 불이 휘황찬란하다. 밤의 불빛과 거리의 상점, 사람 사는 곳의 부산함도 이곳은 너무 지나치다. 내 고향의 밤은 짙푸르도록 깜깜하고, 한낮에도 회색빛이 돌 만큼 썰렁했다. 밤길을 걸을 때마다 생각하는 거지만, 반반씩 섞어 놓으면 좋겠다.

여긴 별이 없어도 되겠다. 머리가 아플 정도로 밤이, 밝다.

마지막 연습이다.

전자 기타와 베이스 기타가 키보드 양쪽에 나란히 선다. 키보드를 치면서 노래를 하는 해나가 중심이다. 드럼은 당연히 뒤쪽에 놓인다. 무대 배치를 보면 나는 해나 뒷모습만 보게 생겼다. 상휘, 저 녀석은 좋겠다. 기타 치면서 폼 낸다고 뛰다가 무대에서 고꾸라질 일은 없겠지? 그런 흉내 낼 배짱도 없는 녀석이긴 하다.

"연습할 때만큼만 하면 돼. 더 잘하면 좋겠지만, 실수나 안 하면 다행이지."

오합지졸들을 모아 무대에 올리는 게 얼마나 진땀나는 일인지 아느냐고 곽밥은 엄살을 떨어 댄다. 잘하자고 격려를 하는 것도 꼭 야단을 치는 투다. 우리가 얼마나 어설픈지는 곽밥보다 우리 셋이 더 잘 안다. 밴드부 연습실에서 드럼을 처음 봤을 때, 그리고 상휘와 조우하고, 해나가 나타났을 때의 내 모습을 생각해 보면 애들이 잘 쓰는 말처럼 이제야 겨우 '촌티'를 벗은 느낌이다. 이 아이들과 내가 하나로 어울려 무대에 선다는 건 꿈도 꾸지 못했던 일이다. 여긴 내가 설 자리가 아니라고 생각했으니까. 내가 뭔지, 내가 뭘 할 수 있는지 그것조차 몰랐으니까. 하지만 이젠 당당하게 이 아이들에게도 내가 궁금했던 걸 물을 수 있다.

"너희는 꿈이 뭔데?"

"꿈? 뭘 그딴 걸 묻냐. 나도 나를 잘 모르는데."

상휘 녀석의 반응은 시큰둥하다. 곽밥 말대로 폼이나 잡고 시간이나 때우려고 베이스 기타를 붙잡고 늘어지는 건 아닐 텐데, 녀석 끝까지 나한텐 진심을 말하지 않는다. 해나? 해나는 느물거린다.

"나야 뭐, 가수가 되는 게 꿈이지만, 꿈꾼다고 다 이뤄지니? 얼마나 살벌한 세상인데. 그러는 넌 무슨 꿈을 그렇게 거창하게 꾸는데?"

나는 대답하지 못한다. 나는 이제 겨우 한 걸음을 뗐을 뿐이니까.

중국에 간 어머니한테선 하루에 한 번, 전화가 온다. 오늘도 어머니와 통화를 하고 나온 참이다. 역시 걱정하지 말고 네 할 일이나 잘하고 있으라는 잔소리다. 나는 다급한 목소리로 전화를 끊으려는 어머니에게 물었다. 누나는 찾을 수 있냐고.

"접촉하기가 그렇게 쉬운 줄 아네. 믿을 만한 연락통 찾아서 단단히 부탁해 놓았으니 무슨 기별이 있을 기야. 삼촌도 만났으니 걱정 말라.”

다행이다. 저우판 아저씨를 만났다는 말이다. 어머니를 따라 나도 중국에 갔어야 했는데, 기회를 놓친 게 아깝다. 돈 든다고 데리고 갈 어머니도 아니지만.

“리허설은 내일 무대 설치되면 한다.”

“끝나면 회식할 거예요?”

“회식은 인마. 새 멤버 들어오면 그때 하자. 내가 베이스 계속해야 하리?”

곽밥은 회식을 하자는 해나의 말을 야멸치게 무지른다. 새 멤버 들어오면 처음부터 다시 연습이다. 가을에 있다는 밴드 경연 대회, 나갈 수 있을지 없을지 아직은 모른다. 그때까지 내가 밴드를 계속하게 될지도 알 수 없지만, 어쨌든 지금 목표는 대입 검정고시에 붙을 때까지 공부도 열심히 하는 거다.

“내일 연주나 잘해!”

모두 들뜬 얼굴로 헤어졌다. 다음 날 아침, 다시 만날 때까지 밤이 길었다.

아침부터 아파트 마당이 술렁인다.

못 보던 사람들이 단체로 붉은 조끼를 입고 움직인다. 조끼에는 ‘나누리 자원 봉사’라고 적혀 있는데, 젊은이부터 머리가 하얗게 센 할머니들도 있다. 그들이 천막을 치고 음식 만들 조리대를 설치하고, 무대를 만든다. 그 사이에서 노 선생님은 콧바람을 날리며 바쁘게 뛰어다닌다.
 리허설 시간이 다가오고 있다. 무대에 오른다고 생각하자 기분이 이상해진다. 이제까지 한 번도 경험해 보지 못한, 다른 하루가 내게 주어지는 거다. 처음 인천 공항에서 휘황찬란한 불빛을 봤을 때도 그랬다. 거짓말 같았다. 우리 가족이 목숨 걸고 들어오고자 했던 곳이 신기루처럼 사라져 버리는 건 아닐까. 비행기가 착륙할 때까지 불안하고 두려웠다. 그때처럼 꼭 뭔가에 홀린 것 같은 기분이다.
 가설무대가 설치되자 아파트 주민들이 무슨 일인가 호기심을 드러내며 모여들기 시작한다. 벌써부터 심장이 콩닥콩닥 뛴다. 연습을 하다 말고 곽밥이 자리를 비운 틈을 타 우리는 밖을 들락거리며 분위기를 보고 있다.
 "사람 많네!"
 "이거 완전 벼룩시장이야. 아이 씨."
 "무대 있으니까 됐잖아. 벼룩시장보다 낫네 뭐."
 해나는 누나답게 투덜대는 상휘의 입을 틀어막는다.
 장터가 열릴 천막들 끄트머리, 아주 조그만 천막 하나가 내 눈에 띈다. '새터민 쉼터' 누군가 떡하니 팻말까지 붙여 놓았다. 그 자리에 어제 퇴원한 복씨 아저씨가 자리를 잡고 앉아 담배 연기를 뿍뿍 내뿜고 있는 게 보인다. 어머니에겐 내가 드럼 친다는 말조차 하지 못했는데, 어머니가 오늘 장마당에 있었다면 어떤 표정을 지었을지 궁금하다.

"아이, 저긴 할머니가 앉을 자리 아닌데."

가설무대 뒤에서 상휘가 복작거리는 마당을 보며 투덜거린다. 리어카를 옆에 세워 놓은 상휘 할머니, 복씨 아저씨 옆에 떡하니 앉아 있다.

"앉으면 어때서?"

"사람들이 이상하게 쳐다볼 거 아냐."

"뭐가 이상한데? 아무나 앉으면 되지."

확 불어 버릴까, 아니면 한 대 확 쳐 버릴까 고민 좀 했다. 녀석과는 아직도 시원하게 풀어지지 않은 뭔가가 남아 있다. 그게 뭔지는 나도 잘 모르겠지만 그래도 갈수록 녀석이 남같이 느껴지지 않는다. 이런 게 미운 정인가?

"저긴 잘 보이지도 않잖아. 앞자리 다 놔두고, 하필이면."

녀석, 끝까지 투덜거린다.

본격적인 장터는 점심시간부터 열린다. 그전에 사람들을 끌 목적으로 공연이 시작된다. 우리 팀은 아마추어 가수들이 공연을 하고 난 다음이다. 공연 사회를 맡은 노 선생님은 팔랑거리는 바람개비처럼 사방 천지를 종횡무진 다니느라 눈 코 뜰 새가 없다. 드디어 곽밥이 도우미들의 도움을 받아 연습실에 있는 악기를 무대에 올린다.

"어젯밤엔 비가 올 것 같더니."

"준비하는 사람들이 얼마나 고생했는데. 이런 날 비 오면 돌아 버리는 거죠."

곽밥과 노랑머리가 주고받는 말이 스쳐 간다. 날씨는 기똥차게 좋다. 바람 한 점 없고, 햇살은 따가운 토요일이다. 잘할 수 있을까? 무대에서 새로운 나로 다시 태어날 수 있을까? 열일곱 살의 단단한 박승규로.

리허설을 준비하라는 곽밥의 말에 벌써부터 나는 종아리께가 떨려 오기 시작한다. 리허설은 실제 공연과 같다니까 무대가 높아 보이기만 한다.

드디어 드럼 앞에 자리를 잡는다. 뒤에 멀찍이 앉아 있던 복씨 아저씨가 나를 알아봤는지 손을 흔들자, 엉거주춤 일어선 상휘 할머니도 손을 흔든다. 장마당은 공연 볼 준비가 안 돼 어수선하지만, 이렇게 사람들이 많은 데서 드럼 앞에 앉는 건 처음이다.

"자, 긴장 풀고, 연습할 때랑 똑같이 하면 돼. 정신 똑바로 차려!"

곽밥이 베이스 기타 줄을 조율하며 상휘와 눈짓을 주고받는다. 키보드 앞에 선 해나가 마이크에 대고 후후 입바람을 넣다가 뒤를 돌아본다. 나는 해나를 향해 드럼 스틱을 들어 보인다. 해나가 짓궂게 눈을 찡긋거린다. 해나의 눈짓 때문인지, 무대 탓인지 심장이 내 것 같지 않다. 로켓 발사대에 올려놓은 우주선이 된 기분이다. 카운트다운까지 열심히 달려왔지만, 오합지졸 '우주 비행'이야말로 대기권에도 진입 못 할 형편없는 장난감이란 걸 안다. 그래도 내겐 이보다 더 떨리는 순간은 없었다. 이 자리에 앉아 있는 자체가 나한테는 국경을 넘었던 것과 같은 역사적인 사건이니까.

"승규야 잘해. 우주 비행 파이팅!"

노랑머리, 아니 노 선생님이 무대 아래서 손을 흔들어 대며 소리친다.

아파트 마당에 모여 있는 사람들의 얼굴은 하나도 눈에 들어오지 않는다. 높이 솟은 아파트 건물들 사이에 펼쳐진 하늘만이 내 두 눈 가득 들어온다. 누나의 행방을 찾는다 해도, 또다시 국경을 넘어 우리에게 올 때까지 얼마나 걸릴지 훗날을 기약할 수 없다. 마법의 성을 건너 늪을 지나, 자유롭게 저 하늘을 날 수 있을 때까지…….

노 선생님의 응원에 드럼 스틱을 쥔 손에 나도 모르게 힘이 들어간다. 그런데 나, 벌써부터 떨고 있다. 들들들, 킥을 넣지도 않았는데 베이스 드럼이 내 심장박동을 따라 희미하게 울리고 있다.

| 작가의 말 |

 북한 이탈 주민들의 이야기는 오랫동안 내 안에 있었다. 대한민국이란 이름 앞에는 언제부턴가 '세계 유일의 분단국가'라는 수식어가 따라붙었다. 우리는 온전한 하나가 아닌 반쪽의 나라에 살고 있고, 나머지 반쪽은 우리와 가까운 곳에 존재하고 있다는 사실. 우리가 때론 잊고 있고, 잊고 싶은 그 역사 인식이 관심을 갖게 한 바탕이다. 그와 관련된 신문 기사나 르포르타주, 그들과 함께했던 사람들의 이야기에 늘 귀를 기울이고 있었다. 일반 소설로 써 보려고 오랫동안 고심하며 이야기를 굴렸지만, '탈북'이란 주제가 갖는 부담감 때문에 망설임만 길었다.
 그런데 한 중앙 일간지에 보도된 탈북 청소년에 관한 기사

를 보고 두 눈에 번갯불이 인 듯한 충격을 받았다. 키가 아주 작은, 스무 살 청년이지만 초등학교 5, 6학년으로밖엔 보이지 않는다는 그는 실루엣으로 처리되어 있었다. 그날 밤부터 잠을 이루지 못했다. 마침 내가 살고 있는 도시의 한 복지관에서 청소년들을 대상으로 마련한 인문학 강의를 하기로 되어 있었다. 12주간 아이들과 함께 '글쓰기 놀이'를 하면서 내 머릿속에 구상한 '박승규'를 그 아이들과 한시도 떼어 놓고 생각해 본 적이 없었다. 그때부터 나는 만나고 싶었다. 신문에서 스크랩하고, 내 머릿속에 담아 둔 '박승규'가 가까운 어딘가에 있을 것만 같았다.

그리고 내가 직접 찾아가서 만난 박승규(그/그녀)들은 우리 청소년들과 별반 다를 게 없었다. 꿈이 있고, 유머가 있고, 우정이 엿보였다. 오히려 그들 앞에서 긴장하고 당황한 건 나였다. 그들은 내게 라면을 좋아하고, 짜장면과 돈가스, 삼겹살을 좋아한다는 얘기를 들려주었다. 매연 때문에 숨이 막히고, 한밤의 불빛이 너무 밝아서 어지럽다는 얘기도 웃으면서 들려주었다. 나는 그들의 얘기를 많이 듣기 원했지만, 그들은 나의 어린 시절 이야기를 더 듣고 싶어 했다. 평범하면서도 특별하고, 따뜻하면서도 서늘한 이야기를 뒤로하고 헤어질 땐 그들이 내게 보여 주지 않은 이면의 쓸쓸함을 짐작할 수 있어 가슴이 아려 오기도 했다.

워낙 무거운 주제에 눌려 있었던 나는 발랄함을 동원해 그 무게를 덜어 보려 했고, 미진한 상태에서 다듬으면서 여러 번 마음을 가라앉혔다. 일인칭 서술의 구조적인 한계 때문에 이야기가 답답하게 진행될 수도 있겠다는 생각은 했지만, 주인공의 내면을 말하고 싶은 욕심 때문에 버릴 수가 없었다. 많은 결함에도 불구하고 『우주 비행』이 세상에 나올 수 있도록 해 준 오정희, 박상률, 이옥수 심사위원 선생님들께 깊이 감사드린다. 선생님들의 혜안이 아니었다면 『우주 비행』은 세상에 나오지 못했을지도 모른다.

그리고 책이 나오기까지 열정적으로 함께해 준 사계절출판사의 김태희 팀장님을 비롯해 김태형, 이혜재 씨에게도 고맙다는 말을 꼭 전하고 싶다. 뜨거운 여름 내내 함께 땀 흘리며 『우주 비행』의 흠결을 최소화하는 데 열정을 다했다.

그래도 여전히 아쉽고 부끄럽다. 우리가 의식하지 못해서 그렇지, 우리 주변엔 북에서 온 청소년들이 많다. 현재 이천 명에 육박한다는 그들은 이미 우리 생활 깊숙한 곳에서 우리와 함께 숨 쉬고 있다. 우리가 사는 지구는 둥글다. 돌고 돌아 둥그렇게 하나로 연결되어 있음을 잊지 않았으면 좋겠다. 어쩌면 넓디넓은 것 같은 지구가 생각보다 좁을 수도 있다는 얘기다. 결코 나와는 상관없는 이야기가 아니다. 우리 곁의 승규들을 이해하고 깊게 사랑했으면 좋겠다.

신경질을 부리며 살림에 나태했던 아내, 엄마를 이해해 준 식구들에게 미안하고 고맙다. 언제나 내 글에 애정 어린 조언을 주시는 박 선생님과 당선 소식을 듣고 댁으로 초대해 맛있는 저녁 식사를 대접해 주신 정 선생님께도 감사드린다. 외롭고 힘들 때 의지처가 되어 주는 '리얼리스트 100' 동인들이 곁에 있어 든든하고 고맙다.

마지막으로, 확신을 갖지 못해 여러 가지 질문을 던졌던 내게 도움을 주신 무지개청소년센터의 강희석 님에게도 고맙다는 말을 전한다.

2012년 8월의 불볕을 견디며

홍명진

우주 비행

2012년 8월 24일 1판 1쇄
2023년 7월 15일 1판 7쇄

지은이 홍명진

편집 김태희, 김태형, 이혜재 | **디자인** 권지연
제작 박흥기 | **마케팅** 이병규, 이민정, 최다은, 강효원 | **홍보** 조민희, 김솔미

출력 블루엔 | **인쇄** 천일문화사 | **제책** J&D바인텍

펴낸이 강맑실
펴낸곳 (주)사계절출판사 | **등록** 제406-2003-034호
주소 (우)10881 경기도 파주시 회동길 252
전화 031)955-8588, 8558 | **전송** 마케팅부 031)955-8595 편집부 031)955-8596
홈페이지 www.sakyejul.net | **전자우편** literature@sakyejul.com
블로그 blog.naver.com/skjmail | **페이스북** facebook.com/sakyejul
인스타그램 instagram.com/sakyejul | **트위터** twitter.com/sakyejul

ⓒ 홍명진 2012

값은 뒤표지에 적혀 있습니다. 잘못 만든 책은 구입하신 서점에서 바꾸어 드립니다.
사계절출판사는 성장의 의미를 생각합니다. 사계절출판사는 독자 여러분의 의견에 늘 귀 기울이고 있습니다.
이 책은 저작권법에 따라 보호받는 저작물이므로 무단전재와 복제를 금합니다.

ISBN 978-89-5828-630-1 44810
ISBN 978-89-5828-473-4 (세트)